鯖《さば》猫《ねこ》長屋ふしぎ草紙(十一)

田牧大和

PHP
文芸文庫

○本表紙デザイン＋ロゴ＝川上成夫

目次

水戸中納言
(水戸徳川家中屋敷)
根津権現
霊雲寺
根津門前町
甘酒屋
忠経寺
鯖猫長屋
根津宮永町
休昌寺
雪豆
松平伊豆守
(三河松平家下屋敷)
瓢箪亭
不忍池
寒松院
仁王門
東叡山寛永寺
西
北
南
東

鯖猫長屋ふしぎ草紙　絵図
根津・上野
湯島
三念寺
松平加賀守
（加賀前田家上屋敷）
麟祥院
称仰寺
門前町
とんぼ
お延・芳三の家
神田明神
湯島天神
坂下町
茅町
平八宅
池之端仲町
上野北大門町
上野元黒門町
六角堂
黒門
見晴屋
下谷広小路
三橋
仁王門前町
下谷御数寄屋町

鯖猫《さばねこ》長屋をめぐる猫と人々

青井亭拾楽《あおいていしゅうらく》……猫専門の売れない画描《えか》き。
サバ……拾楽の飼い猫で美猫《いろおとこ》。
さくら……サバと共に暮らす娘猫。
おてる……長屋を仕切る女房。
与六《よろく》……おてるの亭主で大工。
おはま……拾楽にぞっこんの娘。
貫八《かんぱち》……おはまの兄で魚の振り売り。
清吉《せいきち》……行商をしている小間物屋《こまものや》。
おみつ……清吉の恋女房。市松《いちまつ》の母。
涼太《りょうた》……夏は団扇《うちわ》、冬は玩具《おもちゃ》を売る。もと中村座の役者。
利助《りすけ》……居酒屋「とんぼ」の雇われ料理人。
おきね……利助の妻で夫と共に働く。
蓑吉《みのきち》……犬好きの野菜の振り売り。

お智《とも》……饅頭屋《まんじゅうや》「見晴屋《みはるや》」の主《あるじ》で、鯖猫長屋の家主。
長谷川豊山《はせがわほうざん》……人気の戯作者《げさくしゃ》。
磯兵衛《いそべえ》……根津門前町に住む老練な差配《さはい》。
杉野英徳《すぎのえいとく》……医者を装っているが実は大盗賊の頭《かしら》「鯰《なまず》の甚右衛門《じんえもん》」。
掛井十四郎《かけいじゅうしろう》……北町定《じょう》廻《まわり》同心。通称「成田屋《なりたや》の旦那」。
菊池喜左衛門《きくちきざえもん》……臨時廻同心。通称「二《に》キのご隠居」。
太市《たいち》……「二キのご隠居」の世話をする少年。
平八《へいはち》……掛井が使っている目明し。
お初《はつ》……平八の女房。廻り髪結い。
久松《ひさまつ》……平八の息子。

鯖猫長屋〈見取図〉

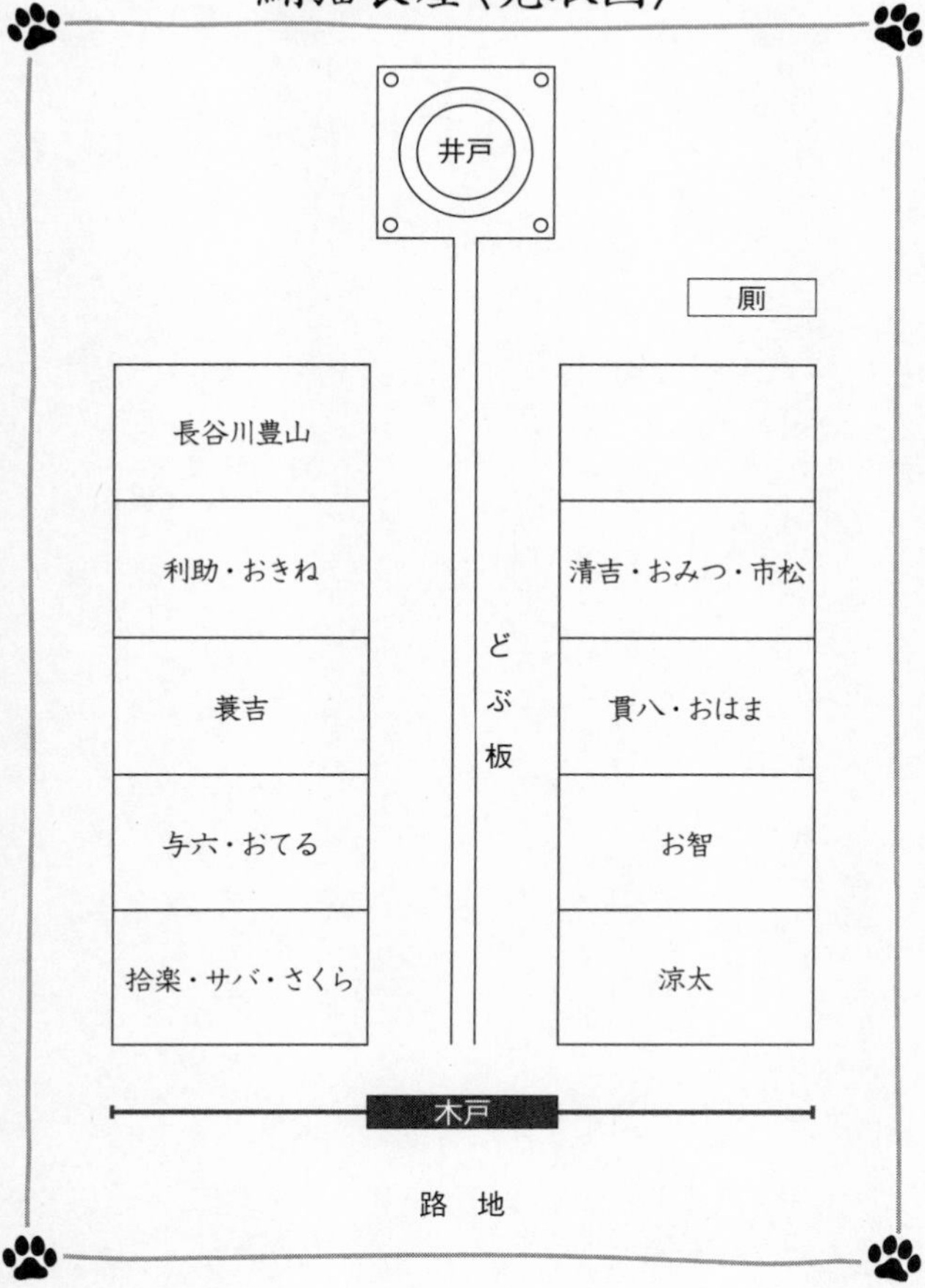
井戸
厠
長谷川豊山
利助・おきね
養吉
与六・おてる
拾楽・サバ・さくら
清吉・おみつ・市松
貫八・おはま
お智
涼太
どぶ板
木戸
路地

鯖猫《さばねこ》長屋ふしぎ草紙（十一）

其の一　雪の玉水《たまみず》

「あの男」を案じる蘭方医

「おや、珍しいお人が訪ねておいでだ」

深川《ふかがわ》は回向院《えこういん》の西に構えた診療所。

隻眼《せきがん》の蘭方《らんぽう》医《い》は、思わぬ女客に闊達《かったつ》な笑《え》みを向けた。

この場は、回向院と武家の小屋敷《こやしき》に挟《はさ》まれ、門前町《もんぜんまち》からも外《はず》れており、相撲《すもう》興行がある時こそ大層な喧騒《けんそう》に巻き込まれるが、普段は人通りも少なく、しんとしている。

病人怪我人《けがにん》を診《み》るにも、身を隠すにも、うってつけだ。

夏の気配《けはい》色濃い秋の初め、隅田川《すみだがわ》からの川風が、女を招き入れた庭を気持ちよく吹き抜けていく。

まだ青々とした楓《かえで》の葉が揺れ、地面に落ちた木漏《こも》れ日《び》を動かした。

蘭方医は、訊《たず》ねた。

「どこか、悪いところでもおありですか」

女は、柳腰《やなぎごし》に拳《こぶし》を当て、ぐい、と胸を張った。

「どこも悪かないさ。あたしは、ね」

蘭方医は、内心、なるほど、と察した。

口に出しては、

「それでは、どなたが。長屋へ往診しましょうか」

と惚《とぼ》けて済《す》ませたけれど。

女が、小さく首を横へ振った。

普段の、堂々とした威勢良さは、すっかり、鳴りを潜《ひそ》めている。

思い直したように、女は真《ま》っ直《す》ぐ蘭方医を見据《みす》えた。

この目の力、肝《きも》の据《す》わり様《よう》、そして、察しの良さ。

つくづく、堅気《かたぎ》にしておくには、勿体《もったい》ない。

「今は、いいよ。でも」

「でも、何でしょう」

問い直した蘭方医に、女は続けた。

「このところ、先生が危《あぶ》なっかしいんだ」

「ほう」

「気を付けておいて、おくれでないかい。それで、余計な厄介事《やっかいごと》にまで首を突っ込みそうなら、止めてやって欲しいんだ」

「私が、ですか」

「あたし達店子《たなこ》じゃあ、きっと止められない。成田屋《なりたや》の旦那《だんな》は、真っ直ぐ勝負に行って、あっさり躱《かわ》されそうだしね」

「なるほど」

かつての自分だったら、「面白《おもしろ》いことになってきた」と放っておいただろう。

だが、「もっと面白いこと」を知ってしまった。

この女客も、面白いことのうちだ。つくづく、堅気は面白い。

蘭方医は、飛び切り品《ひん》のいい笑みをつくって、告げた。

「お任せを」

少し安心した様子の女客を見送り、蘭方医はひとりごちた。

「さて。深川の主《ぬし》にも、話を通しておきましょうか。何か起きたらすぐに分かるように」

「もっと面白いこと」の真ん中にいる男が壊《こわ》れてしまっては、元も子もない。

「猫の先生」とも「猫屋」とも呼ばれる、堅気になりたくて必死になっている、

「あの男」を単に案じる、その言い訳《わけ》をしているのだと、蘭方医は自《みずか》ら分かってい

た。

＊＊＊

暑苦しい。

青井亭拾楽《あおいていしゅうらく》は、目の前で項垂《うなだ》れている男の頭――何やら頼み事があって、深々と頭を下げているらしい――を眺《なが》め、溜息《ためいき》を吐《つ》いた。

拾楽は、猫ばかり描いている売れない画描《えか》きだ。三十歳《さんじゅう》過ぎても独《ひと》り者で、ひょろりと細い体軀《たいく》に生白《なましろ》い肌《はだ》、生臭嫌《なまぐさぎら》いで豆腐《とうふ》好き。どこを切ってみても頼りなさしか出てこないような男だ。

そんな風でも、周《まわ》りの者は拾楽を放っておけないらしい。「猫の先生」だの「猫屋」だのと呼んでは、頼りにしたり、ちょっかいを出したりしている。

真っ当な町人にすっかり溶け込み、堅気と仲良くつるんでいるこの男が、かつて江戸市中を騒がせた一人働きの盗人《ぬすっと》「黒ひょっとこ」だと知る者は、ごく少ない。

拾楽は、根津権現《ねづごんげん》の東南、宮永町《みやながちょう》の裏長屋「鯖猫《さばねこ》長屋」で、二匹の猫と暮らしている。

一匹の名はサバ。滅多《めった》にお目に掛かれない程珍しいという、雄《おす》の縞三毛《しまみけ》だ。

大人の雄猫にしては小柄《こがら》だが、背中に背負《しょ》った鯖縞柄《さばじまがら》に榛色《はしばみいろ》の瞳《ひとみ》が大層美しい、美猫《いろおとこ》である。威張《いば》りん坊《ぼう》で、長屋で一番強い。店子どころか、差配《さはい》や家主《やぬし》までもサバを「大将」と呼び、一目《いちもく》も二目も置いている。
喧嘩《けんか》に滅法《めっぽう》強く、猫と犬には負け知らず、事と次第によっては人間様にも勝ってしまう。

いつも拾楽を顎《あご》で使い、飼い主というよりは、子分だと思っているらしい。

もう一匹は、雌《めす》の縞三毛、さくら。サバの妹分で、お転婆《てんば》の甘えん坊、サバにも長屋の皆にも可愛《かわい》がられている。親の贔屓目《ひいきめ》は承知だが、可愛い娘に育ったと思う。

拾楽としては、身内の猫二匹と共に、のんびり慎《つつ》ましい暮らしを目指しているのだが、どうしてか、曲者《くせもの》やら厄介事がしょっちゅう舞い込む。

おまけに、この長屋が呼ぶのか、猫達に魅せられるのか、妖《あやかし》、お化《ば》けに纏《まつ》わる騒動も寄って来る。

正に今、騒動を持ち込もうとしているのが、頭の天辺《てっぺん》をこちらに向けている店子仲間の魚屋、貫八《かんぱち》である。

鯔背《いなせ》を売りにする魚屋だけあって、元結《もつとい》の結び目も、そこから額《ひたい》へ伸びる髷《まげ》も、きっちり整っている。ちっとも、ぴしっとしない当人とは大違いだ。

そんな風に、目の前の元結と髷に考えを逸《そ》らしたくなる程には、拾楽はうんざりしていた。

本当に、暑苦しいねぇ。

こっそり胸の裡《うち》だけで、毒を含んだぼやきを繰り返す。

秋の入り口、昼間の日差しはまだ肌を焼く様に強いものの、吹き抜ける風は幾分涼《すず》しさを帯び始めている。

手入れが行き届いているとはいえ、所詮《しょせん》は安普請《やすぶしん》の「鯖猫長屋」は、あちこちの隙間《すきま》から風が通り抜ける。冬は難儀をするが、梅雨《つゆ》明けや秋の初め辺《あた》りの部屋は、むしろ日差しの強い外よりも過ごしやすい。

今日も折角《せっかく》いい風が通り抜けていたのに、拾楽は今、部屋の外で、押し掛けて来た店子二人と、さんさんと降り注《そそ》ぐ夏の名残《なごり》の日差しのせいで酷《ひど》く暑苦しい思いをしているのである。

外に出てから幾度目になるか、拾楽は零《こぼ》れかけた溜息を呑《の》み込んだ。

サバとさくらは冷たいもので、ついてくる素振《そぶ》りどころか、見送りさえしてくれなかった。きっと今頃、風の通り道でのびのびと転寝《うたたね》を楽しんでいるはずだ。

まったく羨《うらや》ましい。

この際、暑苦しいのは辛抱《しんぼう》するにしても、せめて座って話をしたいもんだと、拾楽は自分の部屋の前で立ちん坊のまま、薄いなで肩を落とす。

午《ひる》の半刻《はんとき》ほど前、今長屋に残っているのは、部屋で仕事をしている人気戯作者《げさくしゃ》の長谷川豊山《はせがわほうざん》、居酒屋で働いていて、仕事始まりの遅い利助《りすけ》おきね夫婦、それから、八王子界隈《はちおうじかいわい》と江戸市中を泊まりがけで行商をしている清吉《せいきち》の女房《にょうぼう》で、小さな市松《いちまつ》の母、おみつ。

きっと誰も彼も、何事かと、聞き耳を立てていることだろう。

安普請の薄壁《うすかべ》でも、外よりは人の声を遮《さえぎ》ってくれるのに。

そもそも、貫八がひとりで拾楽を訪ねてきた当初は、ちゃんと部屋の中で話していたのだ。

話が始まってすぐ、隣《となり》から駆けつけたおてるが、貫八を追い出し、拾楽もそれに付き合わされているという訳だ。

長屋の纏《まと》め役を務め、貫八も拾楽も大層世話になっているから、おてるのやり様に異は唱《とな》えづらい。

「商《あきな》いを放り出して、何だって先生の部屋へ上がり込んでるんだい」

と叱《しか》られれば、貫八は外へ出るよりないし、

「先生も、ちょっと顔貸しとくれ」

と促《うなが》されれば、拾楽も応じざるを得ない。

当のおてるは、拾楽の傍《かたわ》らで、すらりとした柳腰に拳を当てて胸を張り、すっかり縮《ちぢ》こまった貫八を見下《みお》ろしている。

おてるが、ばさりと切り捨てるように、貫八に告げた。

「お前さんも、懲《こ》りないね」

貫八が、そろそろと首を持ち上げ、

「い、いってぇなんの話だい、おてるさん」

と訊《き》き返した。

「惚けたって無駄だよ。わざわざ一度河岸《かし》に行ってから、おはまちゃんが仕事に出かけるのを待って、商いの途中で戻って来たんだろう」

おはまは、貫八の妹で、器量よしで気立てのいい娘だ。掛け持ちで通い奉公《ほうこう》をこなす働き者で、このところは随分《ずいぶん》とたくましくもなってきて、色々と危《あや》うい兄の手《た》

綱《づな》をしっかりと握っている。

惚《ほ》れてくれる男やいい縁談は、掃《は》いて捨てる程あるだろうに、何をどう間違えたのか、おはまは拾楽を好いてくれている。

拾楽が、かつての生業《なりわい》の所為《せい》もあって、長屋の店子仲間達と間合いを取って付き合っていた時から、突き放しても、壁を作っても、おはまの気持ちに気づいていて知らぬ振りをしても。

おはまは、ずっと拾楽を想《おも》ってくれた。

そうこうしているうちに、拾楽もまた、おはまを女子《おなご》として大切に思っている自分に、遅まきながら気づいた。

遅過ぎて、おはまが「片想い」に慣れきってしまい、今度は拾楽がかなりあからさまに匂《にお》わせても、分かって貰《もら》えない、という、考えてみればなんとも馬鹿馬鹿しいすれ違いが生じている。

もっとも、傍《はた》から見れば、どうにも分かりやすいらしく、拾楽とおはまの周りの人間で気づいていないのは、貫八、利助、蓑吉《みのきち》のお気楽者三人衆と、行商で長屋を長く空《あ》ける清吉くらいだろう、とは、おてるの談だ。

他はともかく、貫八に気づかれていないのは、有難《ありがた》いと拾楽は考えている。

これでもか、というほど妹想い——その割に、しょっちゅう苦労を掛けているのは解《げ》せないのだが——の兄に知られた日には、長屋をひっくり返すような大騒ぎになる気しか、しない。

そのおはまの留守を狙《ねら》う用なぞ、推《お》して知るべし、だ。

案の定《じょう》、ぎくり、と音がしそうなほど分かりやすく、貫八が顔色を変え、視線をさ迷わせる。

おてるが言い当てた通り、拾楽の部屋の前、貫八の足許《あしもと》に置かれた天秤棒《てんびんぼう》付きの桶《おけ》には、まだ魚が入っている。

おてるは、更《さら》に貫八を追い詰めた。

「おはまちゃんに聞かせられない、やましい話って言ったら、思い浮かぶのはひとつさね。どうせまた、ろくでもない儲《もう》け話に手を出したんだろう」

貫八が項垂れていた顔を、そろりと上げたものの、おてるの厳しい視線に射竦《いすく》められ、再び身体《からだ》をしゅっと丸めた。

「そ、そんなんじゃあ、ねぇ」

「じゃあ、どんなんだい」

答えに詰まった貫八を、拾楽はやんわりと窘《たしな》めた。

「貫八さん、そこで黙《だま》ったら、図星《ずぼし》なのが丸分かりですよ」

更に追い打ちを掛けるおてるの言葉には、容赦《ようしゃ》がない。

「まったく、おはまちゃんが嫁には行かないって言う訳だよ。兄さんがこれじゃあ、心配で長屋を離れられないじゃないか」

そわそわと、貫八の肩が小刻《こきざ》みに揺れた。おてるにびくついている様子ではない。

拾楽は、眉《まゆ》を顰《ひそ》めた。

まさか、妹が自分を案じてくれていることを、喜んでいるんじゃあないだろうな。

拾楽の内心の呆《あき》れも貫八の呑気《のんき》な心の裡も、纏めて見透《みす》かしたように、おてるがぴしりと言い放つ。

「言っておくけどね。優《やさ》しくて義理堅いおはまちゃんは、兄さんの心配をしてるんじゃない。兄さんが持ち込んだ厄介事に巻き込まれる猫の先生やあたしたち店子仲間を、心配してくれてるんだ」

さっと、貫八が頭を上げた。むっとしつつも自慢気《げ》な顔つきで、おてるに言い返す。

「そりゃあ違うぜ、おてるさん。優しくて兄想いのおはまが、おいらを心配しねぇなんて――」

貫八の言葉を、おてるが鋭《するど》く遮った。

「その兄想いのおはまちゃんに、兄さんより先に店子仲間を心配しなきゃならない、なんて辛《つら》い思いをさせてるのは、一体どこのどいつだい」

盛大な剣幕《けんまく》に、貫八が再び萎《しお》れた。恨《うら》めし気な目でおてるを盗み見て、それから拾楽に助けを求めるように視線を移す。

おてるが、ずい、と貫八の方へ身を乗り出し、畳《たた》みかけた。

「もう、忘れたのかい。猫の先生を巻き込んで、『いかさま団扇《うちわ》』を売り散らかした挙句《あげく》、危うくおはまちゃんが身売りしなきゃならない羽目《はめ》になりかけたこと。あの時だって、おはまちゃんは先生や長屋の皆に、幾度も詫《わ》びて回ったんだ。自分が一番酷い目に遭《あ》ったたってのに」

拾楽は、視線を宙《ちゅう》へさ迷わせた。

もう随分と遠い昔のような気がするが、二年前の暑い時分のことだ。

あの頃の貫八は、楽して金子《きんす》を稼《かせ》ごうと躍起《やっき》になっていた。まだ半人前の時に二《ふた》親《おや》を喪《な》くし、妹を抱《かか》えて必死だった貫八なりの、苦肉の策だったのだろう。

だがその策が、いかにも危なっかしかった。

どれもやましさ大あり、しかも穴だらけで大雑把《おおざっぱ》。極《きわ》めつきが、おてるの言う「いかさま団扇」の騒動だ。

貫八は、拾楽にサバの画を描かせた団扇を高値《たかね》で売り付けて回った。

これは、永代橋《えいたいばし》が落ちるのを予見した、有難い「御猫様」を描いた団扇だ。この団扇で毎晩富札《とみふだ》を扇《あお》げば、大当たりは間違いなし。

真実、永代橋が落ちたあの日、橋を渡って祭り見物に行こうとしたおてると与六《よろく》夫婦を、サバが止めた。根津界隈ではそこそこ知られた話だ。

その「御猫様」が団扇の手本と言われ、真《ま》に受ける者が出た。

錦絵《にしきえ》入り団扇の相場は十五文《もん》から二十文、凝《こ》った絵柄でも精々《せいぜい》五十文、というところが、百文から始まり、売れ行きの良さに欲をかいたのか、終《しま》いには一分《ぶ》まで値を上げた。

その一分で買った男が、曲者だった。

つい調子に乗って、口から滑《すべ》り出た売り口上《こうじょう》——大当たりは自分が間違いなく請け合う——の揚《あ》げ足を取られ、長屋に押しかけられ、「間違いなく当たる筈《はず》だった分の金子を寄こせ。五十両で手を打つ」と脅《おど》された。

間に入った長屋の差配、磯兵衛《いそべえ》が頭を下げても、「団扇と富札の代金は返す」と申し出ても、首を縦《たて》に振らない。挙句、金がなければ、妹《おはま》を売ればいいと言い出した。

当たり前だ。

敵は初めから貫八に狙いを定めていた。詐欺《さぎ》まがいの危うい商いを逆手《さかて》にとって追い詰めるつもりだったのだから、あっさり磯兵衛の仲裁《ちゆうさい》に従って、引く訳もない。

騙《だま》された振りで貫八を嵌《は》めたことを、最初《はな》から見抜いていた拾楽が、強引《ごういん》な屁理《へり》屈《くつ》を使い、敵を少しばかり脅して手を引かせ、なんとか事なきを得た。

あやうく、たったひとりの妹を売る羽目《はめ》になりかけた騒動が相当こたえたようで、以来、貫八は、おかしな儲け話には目もくれず、魚屋の商いのみにいそしんでいる。

そのはずだったのだが。

拾楽が考え込んでいる間に、おてるは、更に貫八を責め立て始めた。

「そうそう、去年の、あれも暑い夏の時分だった。妙な男におはまちゃんが付きまとわれたっけね」

ああ、そんなこともあったな、と拾楽は内心で頷《うなず》いた。

相手は、不忍池《しのばずのいけ》の南の畔《ほとり》、元黒門町《もとくろもんちょう》に大店《おおだな》を構えていた蠟燭屋《ろうそくや》「六角堂《ろっかくどう》」の跡取り息子、千之助《せんのすけ》。一見、品が良く優し気な若旦那の正体《しょうたい》は、弱い者に酷い真似《まね》をしては、愉《たの》しんでいる男だった。

生まれたばかりの子犬に乱暴をし、死なせた。

ただ虐《しいた》げるだけでは飽《あ》き足らず、奉公人が跡取りに逆らえないことを承知で、敢《あ》えて自分でやらず、若い女中に子猫を川へ流させた。

子供を嗾《けしか》けて高い木に登らせ、落ちるのを眺めていた時には、とうとう人死にが出た。落ちてきた子を受け止めようとした、通りがかりの老婆《ろうば》だ。

その千之助が、おはまを嫁に望んだ。

惚れたのではない。犬猫、子供、弱い奉公人を嬲《なぶ》るだけでは物足りなくなっていた千之助は、しっかり者の娘を、虐《いじ》めて嬲って、心を折ってみたいと考えたのだ。

重ねた悪事は父親が全《すべ》てもみ消していたので、「六角堂」にかなり近しい者しかその本性《ほんしょう》を知らず、貫八は妹の縁談を喜んだ。

おてるが、続ける。

「お前さん、あの縁談に浮かれてたけど、大悪党の厭《いや》な奴《やつ》だったじゃあないか。先生と大将が助けてくれなかったら、どうなってたか」

おてるの言葉を聞くうちに、貫八の顔色がみるみる悪くなっていった。

「そ、その話は、もう止《よ》してくれ」

団扇の話の時よりも、狼狽《うろた》えている。余程《よほど》、懲りたのだろうか。

拾楽は、助け舟を出した。

「おてるさん。話が逸《そ》れてますよ」

すると、おてるが拾楽へも矛先《ほこさき》を向けた。

「先生も、遠慮なんざしないで、びしっと叱ってやっていいんだよ」

おや、と拾楽はおてるを盗み見た。

いつものおてるなら、きっとこう言っただろう。

『先生も黙ってないで、何とか言っとくれ』

つまり、何とか「この騒動を収めてくれ」と。

だが、今日は貫八をただ、遠慮なく叱れ、というのだ。

おてるの思惑《おもわく》がどこにあるのか、気になるところではあるが、今は目の前の貫八だ。

拾楽は、短い息をひとつ、苦々《にがにが》しく切り出した。

「貫八さん、覚えていますか。あの団扇騒動の時、あたしがお前さんに何と言ったか」

こくりと、貫八が小さく喉《のど》を鳴らした。

どうやら、忘れてはいないようだ。軽く安堵《あんど》しつつ、それでも拾楽は敢えて口にした。

「こんな屁理屈をぶつのは、二度と御免《ごめん》だ。あの時、あたしは貫八さんに、そう言った。こうも釘《くぎ》を刺したはずだ。真似なんぞしたら、この分も合わせて、きっちり落とし前を付けて貰う、と」

貫八が、ふいにへらりと笑った。

厭な胸騒《むなさわ》ぎがした。

「覚えてら。だから、先生に頼んでるんじゃねぇか。おいらは真似しねぇ。おいらじゃなくて、先生が代わりに、あん時みてぇに――」

「貫八さん」

おはまの泣き顔が、ふいに頭に浮かんだ。

咄嗟《とっさ》に、殺気が零れ出た。

むき出しの怒りが、声を染《そ》めた。

どちらも急いで消したが、堅気の二人でも常ならぬ拾楽の気配に気づいたようだ。

貫八は驚き、次いで怯《おび》え、おてるがちらりと視線を寄こした。

拾楽は、気を落ち着け、声音《こわね》をいつもの調子に整え、、知らぬ振りで続けた。

「あたしに、お粗末なその理屈が、通じるとでも」

ほっとした様子で、おてるが続く。

「まったく、妙な悪知恵を働かせてきた分、『団扇』の時より性質《たち》が悪いじゃないか」

声がやけに大きいのは、拾楽の怒りを逸らす意図があるのだろう。

おてるは、拾楽に話し掛ける振りで貫八を追い詰めた。

「猫の先生、あたしたち、どうやら貫八さんになめられてるようだよ」

弾《はじ》かれたように、貫八がまくし立てる。

「そんなつもりはねぇよ。そこまでおいらは命知らずじゃねぇ」

「命知らず、とはご挨拶《あいさつ》だね。つい今しがた得意げにぶち上げた、子供だましにもならない屁理屈で、あたしと猫の先生を丸め込めるって思ったんだろう。なめてるんじゃなきゃあ、何だってんだい」

しおしおと、貫八が縮こまる。

拾楽は、ちらりとおてるを盗み見、内心で呟《つぶや》いた。

らしくないねぇ。

おてるが容赦ないのは、いつものことだ。

ただ、いつもより、容赦がなさ過ぎる。

その辺の匙加減《さじかげん》や引きどころをしっかり心得、押さえておくべき話の肝も聞き逃さない。だからこその、長屋の纏め役である。

だが今日のおてるは、先程から貫八を責めてばかり。お蔭《かげ》で、何かやらかしたことは見当がつくものの、何をやらかしたか、一向《いっこう》に訊き出せずにいる。

そこが分からなければ、手の打ちようがないというのに。

まるで、聞きたくない、いや、聞かせたくないかのようだ。

ふと、そんなことを思った時、傍らの腰高障子《こしだかしょうじ》がするりと開いて、サバとさくらが出てきた。

閉めた腰高障子を前脚《まえあし》でひょいと開けるくらいサバにとっては朝飯前《あさめしまえ》、さくらもいつの間にかやり様を覚えてしまっている。

一斉《いっせい》に集まった三組の人の目なぞどこ吹く風、サバが貫八に向かって、にゃお、と鳴いた。その声音には、幾許《いくばく》か苛立《いらだ》ちが含まれている。

――いいから、早く言え。

まるで急《せ》かしているようなサバに、さくらがすかさず、

――《姐《あね》さま》は任せて。

とばかりに、おてるへ近づく。

盛大に喉を鳴らしながら、脛《すね》に額をこすりつけて甘えるさくらを、おてるは込み入った顔つきで見下ろした。すぐに、降参《こうさん》、という顔で溜息をひとつ、さくらをひょい、と抱き上げた。

さくらの顎の下を掻《か》くように撫《な》でる手つきは、どこまでも優しい。

その優しさとは似ても似つかない、棘《とげ》のある声で、おてるが貫八の方を見ないまま話し掛ける。

「よかったねぇ、貫八さん。大将とさくらに味方して貰って」

おてるの言葉の意味が分からなかったらしい貫八は、おてると猫達を見比べた後、弱り切った目を拾楽《した》に向けた。

ち、とおてるが舌を鳴らした。長屋育ちの町人とはいえ、少しばかり行儀が悪い。

「おてるさん」

やんわりと窘めた拾楽を、おてるがぎろりと睨《にら》み返す。

「まったく、誰のために憎まれ役を買って出たと思ってるんだか」

「何ですって」

問い返した拾楽を、おてるはぶっきらぼうに遮った。

「なんでもないったら。貫八さん、ぐずぐずおしでないよ。大将とあたしの気が変わらないうちに、さっさと打ち明けとくれ。今度は一体、どんな悪さをしたんだい」

散々《さんざん》悪《あ》し様《ざま》に言われたのが面白くなかったのだろう、おてるに急かされても、貫八はぶつぶつと、口の中で何やら呟くばかりだ。

たちまち、おてるの眦《まなじり》が上がる。

「先生、話したくないらしいから、お開きにしようか」

「待ってくれ」

貫八が、おてるを引き留めた。それでも、話を切り出そうとしない。

そうだよねぇ。

拾楽は、小さく頷いた。

誰だって、込み入った、しかもやましい話を、長屋の溝板《どぶいた》の上でしたくはないだろう。

「とりあえず、中に入りましょうか、おてるさん」

拾楽が宥《なだ》めるように促したものの、おてるは頑《かたく》なだった。

「だめだよ、先生。甘やかしちゃ。ほら、さっさと、今ここでお言い。じゃないと、おはまちゃんに言いつけるよ」

「そ、そりゃあ困る。おはまに知られちゃあ一大事だ」

いやにむきになるな。

それよりも、おてるだ。なぜ、外で話そうとするのだろう。ちく、ちく、と胸のあちこちに引っかかる細かな棘を、拾楽はつくり笑顔で散らした。

「あたしが、涼しいところで座って話をしたいんですよ」

ほんの少し、おてるがたじろいだ。どんな時でも強気の纏め役らしからぬぎこちなさで、ようやく応じる。

「そうかい。まあ、大将もさくらも、ここじゃ暑いだろうし、先生がそう言うんなら、入ろうか」

夏の最中《さなか》、部屋の中も暑い時、猫達は三和土《たたき》の隅《すみ》に置いた水甕《みずがめ》にひっついて涼《りょう》をとる。今の季節は、腰高障子を出入りする風の通り道、部屋の真ん中辺りで寝そべっていることが多いのだが、揉《も》め事《ごと》に巻き込まれるのは御免とでも思ったのか、部屋の隅に畳んで積んだせんべい布団《ぶとん》の上で、仲良く丸まっている。

おてるは、さっさと離れてしまったさくらを、少し寂しそうに見遣《みや》ってから、腰を下ろした。

四畳半に大人三人、車座《くるまざ》で頭を突き合わせている格好《かっこう》だ。

むっつりと黙りこくっているおてるの代わりに、拾楽は貫八を急かした。

「さて、まだおはまちゃんが帰って来る時分ではありませんが、とっとと話を済ませちまいましょう。貫八さん、今度は何をしでかしたんです」

腰を下ろしても、背中を丸め、縮こまっていた貫八が、顔だけ上げてぼやいた。

「猫の先生、ひでぇや。あの団扇騒ぎからこっち、おいら、真面目《まじめ》に商いやってたぜ。団扇で稼いだ銭《ぜに》だって、相手を探して粗方《あらかた》返した」

「ええ、それは知っていますよ。なのに、今更《いまさら》あんな出来の悪い屁理屈なんぞぶつもんだから、こりゃあ、ひょっとして元に戻っちまったのかと」

貫八は、上目遣いに拾楽を見て「ひでぇや」と、繰り返した。拾楽があっさり突き放す。

「誰だってそう思うでしょう」

「さっきのが、元じゃあねぇよ。今の真面目なおいらが、元だ」

「今、ねぇ」

それじゃあ、外での話は何だったのだ。

疑っていることを隠さない拾楽の呟きに、貫八の背筋《せすじ》がしゃんと伸びる。

「助けて欲しいのは、おいらじゃねぇ。おいらの御贔屓《ごひいき》さんなんだよ」

おてるが、眦を険《けわ》しくして割って入った。

「貫八さん。お前さん、猫の先生とは関《かか》わりない人の厄介事まで、先生に押し付けるつもりかい」

口火を切って腹が据わったか、貫八が真面目な顔で食い下がる。

「あの人は、おいらにとっちゃ、恩人なんだ」

何か言いかけたおてるを、拾楽は軽く手を上げて止めてから、へらりと笑って宥めた。

「まあまあ、おてるさん。ここはともかく、貫八さんの話を仕舞《しま》いまで聞いてみましょう。首を突っ込むかどうか決めるのは、それからってことで」

おてるのもの言いたげな視線を、拾楽は頑なに横へ流した。

ぴくりと、サバの左の耳が、小さく震《ふる》えた。

すう、と飛び切り心地《ここち》いい風が、部屋を通り抜けた。

折れたのは、おてるだ。

「仕方ないね」

拾楽は、満面の笑みで貫八を促した。

「さあ、おてるさんからお許しが出ましたよ。続けてください、貫八さん」

*

貫八の恩人というのは、不忍池の西、茅町《かやちょう》二丁目にある小料理屋「瓢簞亭《ひょうたんてい》」の先代女将《おかみ》だ。物見遊山《ものみゆさん》や寛永寺《かんえいじ》の詣《もう》で客で季節を問わず賑《にぎ》わっている場所柄の割に、池の畔から少し入ったところに店を構えているせいか、落ち着いた風情《ふぜい》が好まれ、程よく繁盛《はんじょう》している。

先代女将の名は、お延《のぶ》。

お延は、親から受け継いだ小さな一膳飯屋《いちぜんめしや》を亭主と切り盛りし、人気の小料理屋に育てた。京生まれの亭主が作る薄味の料理は、初め、江戸で生まれ育った者達には好まれなかったが、上方《かみがた》からの物見遊山客や、江戸に住みついた上方生まれの客に「ほっとする」「懐《なつ》かしい」と、大層喜ばれた。

江戸の味に馴染《なじ》めない人達に喜んでもらえるなら、と、長屋暮らしでも「少しの贅沢《ぜいたく》」として、手が出る程の値に抑《おさ》えた料理を振《ふ》る舞《ま》った。

江戸の味の濃さが辛くなったら「瓢簞亭」へ行けばいい。

上方者達の間で少しずつその噂《うわさ》は広がった。

面白いもので、最初《はじめ》は散々だった江戸者達の評判も、上方からの客に引きずられるように、「あっさりした味も、たまにはいける」となった。

夫婦共に四十半《しじゅうなか》ば、まだまだ働けるとは思ったものの、昨年の初めに「瓢簞亭」の味を受け継いでくれた娘夫婦へ店を譲り、亭主と共に隠居《いんきょ》をした。

出来た娘夫婦は、隠居した二親を大事にしてくれるし、金子にもゆとりがある。

今まで夢中で働いてきたから、これからは、夫婦でのんびり楽しく過ごそう。物見遊山に芝居《しばい》見物、足腰がしっかりしているうちに、ちょっとした旅をするのもいい。

そんな絵に描いたような楽隠居の暮らしを、「瓢簞亭」近くの小さな一軒家で、始めた。

貫八は、娘夫婦が跡を継いでからも、「瓢箪亭」で商いを終えると、お延の顔を見に隠居所に寄った。亭主の芳三《よしぞう》にも会いたかったが、貫八も「瓢箪亭」も朝が早いので、訪ねる頃には、まだ寝ているのだ。

隠居暮らしを始めてすぐ、お延は声を潜め、楽しげに貫八に言ったものだ。

『うちのひと、思い切り朝寝坊するのが、長年の夢だったのよ。魚の注文と目利《めき》きは自分が。そう言い張って、いっつも夜明け前から働いてたから』

だから、寝かせておいてやりたい、と。

それでも、たまに寝ぼけ眼《まなこ》で起きてきて、芳三が魚を買ってくれることもあった。

幸せそうだったお延の顔が曇《くも》り始めたのが、いつからだったか、貫八はよく覚えていない。

それから、思い詰めた様子になり、次いで熱っぽい目をするようになった。

貫八は、その目に覚えがあった。

鏡で確かめたことはないけれど、二年前、いかさま団扇を売っていた自分は、多《た》分《ぶん》あんな目をしていた。

今度、芳三を訪ねて、それとなく普段のお延の様子を聞いてみよう。

そんな風に思っていた矢先、お延から「飲むと肌が白くなる水」を、妹のおはまにどうだ、と勧《すす》められた。

二合《ごう》ほどの通い徳利《どっくり》――酒屋が酒を持ち帰る客に貸す徳利一本分で一朱《しゅ》だと聞き、言葉を失った。

＊

貫八が、少し掠《かす》れた低い声で、呟いた。

「一朱ありゃあ、いい酒が二合どころか、一升《しょう》の通い徳利で三度買っても釣《つ》りがくらあ。こいつは危ねぇ儲け話だ。似たようなもんを売ってたおいらにゃあ、すぐ分かった」

「そこは、威張るとこじゃあないよ」

つけつけと言葉を挟んでから、おてるはすぐに貫八に確かめた。

「まさか、買ったんじゃあないだろうね」

貫八は慌《あわ》てるかと思いきや、からりと笑って首を振った。

「買う訳がねぇ。色白のおはまに、そんな水は要《い》らねぇよ」

これは、「貫八さんが、怪《あや》しい儲け話に乗らなかった」と安堵していいのだろうか。単に妹自慢が高《こう》じたお蔭で買わずに済んだ、というだけではないか。おはまに「そんな水など要らない」のは、拾楽も大きく頷きたいところではあるが。

拾楽が少し悩んでいると、貫八が慌てて言い添えた。

「おはまの器量よしっぷりは置いといても、買わねぇ。あんな思いは、二度と御免だからな」

よし、という風におてるが頷き、「それで、その場をどうしたんだい」と促した。腹を据えたおてるは、迷いがなかった。いつもの頼もしい纏め役らしく、ちゃきちゃきと話を進めてくれる。

貫八は、殊勝《しゆしよう》な面持《おもも》ちで答えた。

「正直に言ったさ。おはまは元々色白だから、間に合ってるってな」

それでも、お延は食い下がったという。

それなら、長屋のおかみさん達はどうだ。おはまの奉公先の女達は。

貫八が、それは真っ当な商いなのかと、遠回しに訊いたら、むきになって言い返されたそうだ。

その勢いに押され、そそくさと逃げ帰って来たものの、どうにも心配でならない。

このままでは、知り合いや「瓢箪亭」の客にも、怪しげな水を売り付けてしまうのではないだろうか。

いや、もしかしたら、もうやらかしているかもしれない。

そう思ったらじっとしていられず、拾楽を頼った、という訳だ。

貫八が、きゅ、と唇《くちびる》を嚙《か》んでから、告げた。

「お延さんは、おいらが何言っても聞かねぇ。だから、先生に、大元をとっちめてもらえねぇかって、思ってよ」

縋《すが》るような目で、貫八が拾楽を見た。

その視線を断ち切るように、おてるが割って入る。

「その大元とやらをとっちめるのは、先生じゃない。八丁堀《はっちょうぼり》の役目だよ」

「けど、よぉ」

「御役人に知られるのが嫌《いや》だってんなら、お延さんのご亭主や娘さん夫婦に、話をしてみたらどうだい。血の繫《つな》がった身内に説き伏せられりゃあ、目が覚《さ》めるかもしれないよ」

歯切れ悪く、貫八が異を唱える。

「お延さんは、おいらに水を勧めながら、寝てる芳三さんの方を、しきりに気にしてた。きっとこっそりやってるんだ。できれば、芳三さん達に知られる前に、助けてぇ。せっかく娘夫婦から大《で》ぇ事《じ》にされてるんだ。肩身の狭《せめ》ぇことになる前に、何とか――」

拾楽は、細く長い息を吐き出し、貫八に確かめた。

「余程、大事な恩人なんですね」

貫八が小さく頷く。

「お父《と》っつあん、おっ母《か》さんをなくしてすぐ、半人前の魚屋の商いは、ままならなくて。山ほど売れ残った魚を抱えて途方に暮れてた時、お延さんと出逢《であ》ったんだ」

お延は、半べそをかいていた貫八に、余計なことは何も訊かず、言ってくれたのだという。

明日から、河岸へ行く前に「瓢箪亭」にお寄り、と。

出入りの魚屋があるはずなのに、お延と亭主の芳三は、魚の注文を細かくつけた上で、たっぷりと買ってくれた。それだけではない。父が、おいおい伝えるつもりだったろう旬《しゅん》の魚や目利き、河岸での遣《や》り取《と》りのこつから、客の気を引く口上、それぞれの魚のおろし方や合う料理まで、夫婦揃《そろ》ってみっちり教え込んでくれた。他の魚屋達も、気に掛けてくれてはいたが、皆、河岸では忙《せわ》しなく動き回っている。仲間の忘れ形見の相手は、「商いの合間《あいま》に一言《ひとこと》、二言」が、精いっぱいだったはずだ。貫八としても、忙しい大人達を捕《つか》まえて教えを乞《こ》うのは気が引けた。だから今、贔屓先を回るだけで商いが済む魚屋になれたのは、じっくり貫八に向き合ってくれた、芳三とお延のお蔭なのだ。

貫八は、おてるに訴えた。

「長屋の皆にだって、良くして貰った。恩人なのは同じだ。磯兵衛さんがいなきゃあ、住むとこも失《な》くしてた。魚を買ってくれたのだって、助かった。おはまは、八歳からこっち、長屋の皆に育てて貰ったようなもんだ。それでも、なんてぇか、同じ恩でも、違うんだ」

拾楽《ここ》は、静かに貫八の言葉を引き取った。

「長屋の店子仲間は、貫八さんやおはまちゃんにとって、身内みたいなものだ。それがかえって『子供が親類の大人から小遣いを貰っている』心地になって、情けなかった。いつまでも店子仲間にばかり買って貰っているようじゃあ、一人前の魚屋になれない、そんな焦《あせ》りもあったでしょう。でも、『瓢箪亭』の夫婦は、貫八さんを半人前なりに『魚屋』として扱ってくれた」

少し長い間を置いて、貫八が小さく頷いた。

おてるが、細く長い息を吐き、しんみりと零した。

「あたしも皆も、お前さんを子供扱いしたつもりは、なかったんだよ。どうせ魚を買うなら、少しでも店子仲間の助けになるようにって。貫八さんが、おはまちゃんを守ろうと必死なのは分かってたから。でも、そうかい。この長屋に来て暫《しばら》くしてから、貫八さんの持ってくる魚が、みるみるいいもんになってったのは、『瓢簞亭』のお二人のお蔭だったんだね」

それから、貫八をしっかり見て、頭を下げる。

「嫌な思いをさせちまって、ごめんよ」

泡《あわ》を喰《く》った様子で、貫八が首を幾度も横へ振った。

「頭を上げてくれ。おてるさんに詫びて貰うこっちゃねぇ。おてるさんや長屋の皆に腹立ててたんじゃねぇ。いきなりおはまと二人きりになって、心細くて途方にくれて。でも、ここへ来てからは、世話焼きの大人に囲まれ、随分ほっとした。心底《しんそこ》ありがてぇし、いい『身内』に恵まれたと思ってる。あの時は、ちゃんと魚屋をやれねぇ手前《てめ》ぇが情けなくて、もどかしかった。それだけなんだよ」

二人の間に、柔らかで温かなものが漂《ただよ》った。

おてるの、やけに強かった貫八への当たりも和《やわ》らぎそうだ。

なのに、どうしてだろう。

確かにほっとしている一方で、胸の片隅で蟠《わだかま》る靄《もや》が晴れない。むしろ、靄が一段濃くなった気さえする。

くだらない。

密《ひそ》かな煩悶《はんもん》を脇《わき》に除《よ》け、拾楽は人情話に逸れた筋《すじ》を、元へ戻した。

「なるほど。一人前の魚屋に鍛《きた》えてくれたおひとを助けたい、そういう訳ですね」

大きく三度、貫八が首を縦に振った。

拾楽は訊いた。

「その水は、どういう水だと、お延さんはおっしゃっていましたか。例《たと》えば、どこその御山《おやま》の霊験《れいげん》あらたかな湧《わ》き水だとか、高名な坊様が百日拝《おが》み続けたとか、唐《から》の仙人《せんにん》が食べている桃やら瓜《うり》やらからつくった、とか、なんとか」

目を丸くした貫八が、「ほえぇ」と頓狂《とんきょう》な声を上げた。

「さすがは猫の先生、お延さんより、よっぽどもっともらしい口上だ」

「あたしの話はどうでもいいんです。ああ、いい売り口上だと、お延さんに教えたりしないでくださいね」

念を押した拾楽に、貫八は、肩を落としてぼやいた。

「つくづく、信用ねぇなあ」

「で、お延さんは何と」

こめかみの辺りを人差し指でぽりぽりと掻き、眉間《みけん》に皺《しわ》を寄せながら、貫八は唸《うな》った。

「何しろ、二合で一朱ってぇ値に魂消《たまげ》ちまって、粗方聞き流しちまってよ。でもおいらが疑ってかかったら、お延さん、何やらまくし立ててたなあ。ええと、どこぞの雪解け水やら、湧き水やら、朝露《あさつゆ》やら、あちこちから綺麗な水を集めて、なんとかいう薬草《やくそう》を漬《つ》け込んで、仕上げに、お天道《てんと》さんとお月さんの光を、それぞれ何日も浴びせた、だったたか。そこまで、綺麗にした水だから、肌も白く綺麗《きれい》になるんだとよ。そういやあ、水にも、小難《こむず》しい、御大層な名が付いてたなぁ」

なるほど、綺麗な水、ね。

畳んだせんべい布団の方へ、ちらりと視線をやると、じっとこちらを見ていたサバと目が合った。

美しい榛色に、青い光は混じっていない。

実のところ、サバが強いのは、生きているものに対してだけではない。

お化け、妖の類《たぐい》に対しても無双《むそう》、負け知らずなのだ。

今度の騒動、妖が関わる時、サバの瞳には青みが挿《さ》す。

少なくとも今の貫八に、そういったものの気配はない、ということなのだろう。

だとしたら、ただの詐欺か。

「そうですか」

呟いてから、拾楽は更に確かめた。

「お延さんは、その『綺麗な水』を、飲んでおいでなんですか」

「そんな名じゃなかったぜ」

「覚えてないんでしょう」

「そりゃ、まあ」

水の呼び名で要らぬ茶々を入れた貫八を大人《おとな》しくさせてから、もう一度訊く。

「で、飲んでいるんですか」

「ああ。そう言ってたぜ」

「お延さんの肌は、白くなっていましたか」

「いいや、ちっとも」

即座に答えてから、貫八が左の掌《てのひら》を、右の拳で、ぽん、と叩《たた》いた。

「なるほど、そう言やあ良かったのか」

すかさず、「馬鹿だね」と、おてるが口を挟んだ。

「女子を捕まえて、『ちっとも肌が白くない』なんて、言って御覧《ごらん》。二度と口を利《き》いて貰えないよ」

貫八が、ひゅ、と息を呑んで、両手で口を塞《ふさ》いだ。次いで、おや、という風に首を傾《かし》げる。

「なんだって、お延さんは、肌が白くなる水、なんてものに嵌《は》まっちまったんだろう」

おてると二人、目顔《めがお》で言葉の意味を問えば、貫八が続けた。

「お延さん、おはまほどじゃあねぇが、出逢った時から色白で、今も変わってねぇんだ。目の色変えて、大金つぎ込むこたあ、ねぇのになって」

おてるは、

「それが、女心ってもんだよ」

と得心《とくしん》していたが、拾楽も、貫八と同じところに引っ掛かった。

「『女心』の他に考えられることは、まあ、ふたつ」

拾楽の呟きに、貫八が派手《はで》に生唾《なまつば》を呑み込んだ。拾楽は告げた。

「お延さんにとっては、何か他の、有難い御利益《ごりやく》があるのか。あるいは、何の御利益もないことを承知で、他人様《ひとさま》に売り付け、大儲けをしようと目論《もくろ》んでいるか。そんなところでしょうか。貫八さん、お前さん自身がお延さんから水を買うだけでなく、買った水を他の人に売れと、誘われませんでしたか」

詐欺の手下《てした》を、『子』『孫』『ひ孫』のように増やしながら儲けを吸い上げていく手口は、昔から消えては湧き、また消える、を繰り返している。『子』となった者は、金子を稼いで『親』へ納める他に、『孫』も作らなければいけない。その『孫』は『ひ孫』を、と広がっていく寸法《すんぽう》だ。

騙された人間を騙す側にも引き込む、あくどい手口である。

貫八が、何やら言いさし、苦しそうに顔を歪《ゆが》めて黙った。

察するところ、お延はそんな悪事に手を染める人ではないと、言いたかったのだろう。

だが、拾楽の言うことに覚えがあったから、言えなかった。

百歩譲って、水を売ろうとしただけなら、騙されている、で済ませられるかもしれない。だが、半人前の頃から見知っていた魚屋を仲間に引き込もうとしたとなれば、それはもう、言い逃《のが》れ様のない、悪人だ。

拾楽は、貫八を励ますようにひとつ頷き、言い含めた。

「貫八さんは、暫く普段通りに商いを続けてください。水を勧められても、怪しんだり、責めたりしちゃあいけません。のらりくらりと、誤魔化《ごまか》していてください」

「先生、まさか首を突っ込むつもりじゃあないだろうね」

おてるの厳しい問いと、

「それじゃあ、お延さんを助けてくれるのかい」

嬉《うれ》しそうな貫八の声が重なった。

拾楽は、少し笑って応じた。

「まずは、様子を見てこようと思います」

「止《や》めておおき」

礼を言いかけた貫八を抑え込むように、おてるが拾楽を窘めた。

小首《こくび》を傾げて、拾楽は言い返す。

「あたしは、騙されたりしませんよ」

「先生を騙せる奴なんかいるもんか。そこを、心配してるんじゃない」

じゃあ、どこを心配してるんですか。

拾楽は、訊かなかった。

ふいに感じた息苦しさに、思わず喉へ遣りかけた手を、少し苦労をして抑えた。

盗人稼業《かぎょう》にいそしんでいた時、使っていた「黒ひょっとこ」の面《めん》のような笑みで、おてるの気遣《きづか》いを、無造作《むぞうさ》に遮る。

「お延さんに、ちょっと会ってくるだけです」

「赤の他人の世話まで焼いてたら、身体がいくつあっても足りないよ」

「その前に、長屋の世話を焼け、ですか」

消えない息苦しさに気を取られた隙《すき》に、棘のある言葉が零れ出た。

おてるが眦を吊り上げた。

「猫の先生、お前さん――」

「ちょ、ちょちょちょ」

裏返った声で、貫八が二人の間に割って入った。

「ま、待ってくれよ、おてるさんも、先生も。先生に助けて貰えりゃあ助かるが、そいつが原因《もと》で、おてるさんと仲違《なかたが》いはして欲しくねぇ」

拾楽を宥めてから、貫八はおてるへ向く。

「おてるさんも、どうしたんだい。今まで、先生を嗾《けしか》けることはあっても、止めることなんざ、なかったじゃねぇか」

ぐ、とおてるが詰まった。

不意に、部屋の戸が勢いよく開いた。

狭い三和土に、どっと、利助おきね夫婦、豊山が飛び込んでくる。その後ろには、息子の市松を抱いたおみつの姿もあった。

拾楽は、零れかけた溜息を呑み込んだ。

四人――市松も入れれば五人だ――が、そろりと拾楽の部屋の前までやってきて、遣り取りに聞き耳を立てていたことは最初《はな》から承知で、敢えて知らぬふりを通していたのだが。

勢い込んで、

「だったら」

と口火を切ったのは、おきねだ。

「あたしとこのひとが、先生の代わりに探ってきてあげるよ。怪しい水の話をしなくても、料理屋をやりたいから話を聞かせてくれ、とか、なんとか言やあ。ねぇ、お前さん」

亭主の利助が頷く。

「本当に、話は聞きてぇ。評判の店だし、上方の味も知りてぇからな」

豊山が、夫婦を押し退《の》けるように言い募《つの》った。

「それなら、私の方が都合がいい。その怪しげな水の話、二、三度捻《ひね》ってみれば、いい読本《よみほん》の種《たね》になりそうです。豊山《あたし》と、何なら板元《はんもと》の名を出せば、きっと直《じか》に水の話が聞けますよ」

ちっちっ、と利助が舌を鳴らして、首を振った。

「お人よしの豊山さんは、騙されちまいそうだからなあ」

おきねが続く。

「そもそも『読本にしたい』なんて言ったら、かえって惚けられちまうんじゃないのかい。怪しげな儲け話なんだから」

三人の騒ぎの隙間から、大人しいおみつまでも、おずおずと口を挟んだ。

「あ、あたしは、直に聞きに行くのはおっかないけど、うちの人が戻ってきたら、『肌が綺麗になる水』の噂を、訊いてみます。売れ筋なら、きっと知ってるはずだから」

「それもいいね。清吉さんはいつ戻って来るんだい」

やいのやいのと、豊山たち四人の話は盛り上がる。

いっそのこと、皆揃って押し掛けてはどうか。

まどろっこしい真似なんぞしないで、さっさと目を覚ましてもらおう。

そうだ、それがいい。

四人がとんでもないことを言い出した時、サバが、むくりと起き上がった。

せんべい布団から軽《かろ》やかに降り、うーん、と見事な伸びをひとつ、音もなく三和土へ近づく。

う、やーおう。

――うるさい、黙れ。

多分、そんなところだろう。

四人が一斉に、ぴたりと黙った。

サバは、静かになったのを見届けると、爪《つめ》をしっかり出した足で拾楽の太腿《ふともも》に飛び乗ってから、おてるの側《そば》で丸くなった。

「痛いよ、サバや」

ぼやきながら、目のみで頼もしい猫に礼を伝える。

『おてるさんをお前が宥めてくれるんなら、助かるね』

拾楽に応じて、サバは顎が外れそうな、大欠伸《おおあくび》をやらかした。

見てくれは猫でも、その実、中身は違うどえらい何かだ。

そう言われても不思議はない。

もっとも、気まぐれで威張りん坊な性分《しょうぶん》は、猫そのものだと、拾楽は思っている。

すっかり大人しくなった三和土の連中を、拾楽は宥めた。

「そんな派手な真似をしたら、一遍《いっぺん》でお延さんの身内に知れちまいますよ。親玉だって雲隠れしちまうかもしれない。ここはあたしに任せてください」

厳しい顔で何か言いかけたおてるを、拾楽は軽く手を挙げて止めた。

「ここまで話が広がっちまったら、あたしが動くよりないでしょう。ねぇ、おてるさん」

おてるなら、貫八と拾楽の遣り取りを聞き、察しが付いているはずだ。

詐欺の一味の中で、お延の上に幾人の『親』が連《つら》なっているのか。一味全体の大きさは。元締めの正体は。

貫八がやっていたような、小ぢんまりした悪巧《わるだく》みで留《とど》まっているならいい。そうでなければ、とても危ない話になる。

堅気で素人《しろうと》を絵に描いたような店子達に、首を突っ込ませる訳にはいかない。下手《へた》に目を覚まさせ、一味から抜ける抜けないの話になれば、お延の身も無事では済まなくなるかもしれない。

もう、拾楽が引き受けて、ことを収めるよりない、と。

なのに、おてるは返事をしない。

拾楽は、敢えて言葉にした。

「さて、『赤の他人の世話』じゃあなくなっちまいましたねぇ、おてるさん。放っておけば、貫八さんの頭を通り越して、おはまちゃんや、おはまちゃんの奉公先の御内儀《おないぎ》さん、奉公人仲間に話が行くかもしれない。いつまでも、長屋の皆さんが大人しくしているとも、思えない。とりわけ、豊山さんは怪しいですよ。読本のためとなれば何だってしそうですから」

起き上がったサバが、とす、と、右の前脚を、おてるの膝頭《ひざがしら》へ置いた。

――とりあえず、子分の言うことを聞いてやってくれ。

だろうか。いや、多分、

――危なっかしい子分の世話は、任せろ。

あるいは、

──お互い、苦労するな。

か。

きっと、その全てだろう。

拾楽は、貫八の言い振りを真似て、ぼやいた。

「信用ないなあ」

集まっていた店子達が、話が見えず、きょとんとした顔になった中、ひとり、おてるだけが、苦い、苦い溜息を吐いた。

もうひと押しか。

「ここは、取り成したサバの顔を立ててくれませんか、おてるさん。ともかく、様子を見るだけにしますので。いい、いい、いい、それで済むようなら、お延さんの目を覚まさせる屁理屈を貫八さんにお教えして、あとは任せます」

「そんなぁ」

弱音《よわね》を吐《は》いた貫八を、おてるがひと睨みで黙らせる。

「仕方ないね」

ようやく、おてるが折れた。

拾楽の鼻先に人差し指を向け、おてるが念を押す。

「約束だからね。様子を見るだけだ。大事《おおごと》になりそうなら、成田屋の旦那に押し付けるんだよ」

「成田屋の旦那」とは、北町定廻同心《きたまちじょうまわりどうしん》、掛井十四郎《かけいじゅうしろう》のことだ。

人気役者の屋号が二つ名になった所以《ゆえん》は、色々な生業になりすまして探索をするからとも、きりりと整った顔や派手な立ち居振る舞いが、荒事《あらごと》が得手《えて》の役者を思わせるから、とも言われている。

長屋に来ては、サバとさくらにちょっかいを出したり、拾楽や店子達と世間話をしたりして、しょっちゅう油を売っている。

いい加減に見えるが、その実、腕利きの同心で面倒見《めんどうみ》もいい。

ただ、やっとうはからっきしで、危ない気配を感じると、立ち回りを拾楽に押し付け、自分は逃げる。

同心の癖《くせ》に、拾楽のかつての生業に知らぬ振りを決め込んで、親しくしている、変わり者でもある。

拾楽は、苦笑いで首を傾げた。

「あの旦那なら、穏便《おんびん》に済ませるよう骨を折ってくれるでしょう。でも、あたしも間違いなく巻き込まれますよ」

掛井は、何かというと自分の役目を拾楽に手伝わせようとするのだ。

おてるが応じた。

「先生ひとりより、ましさ」

まし、とは。おてるにかかれば、掛井も形《かた》無《な》しだ。

拾楽は、晴れやかに笑って見せた。

「ようやく、おてるさんからお許しが出ましたから、この話はここで仕舞いにしましょう」

気のせいか、がっかりした顔をした四人に、拾楽は釘を刺した。

「お延さんのためにも、目立たず動くのが肝要なんですからね。大人しくしていてください。利助さん、おきねさん、豊山さん。料理や読本の話をするだけでも、だめですからね。お延さんにも『瓢箪亭』にも近づかないように。おみつさん、気持ちは有難いですが、かえって詐欺の噂が広がってもことです。清吉さんにも、この長屋だけの話に留めて貰ってください」

四人揃って、殊勝な面持ちで頷いてくれたことに、ほっとする。

ついで、拾楽は貫八に向かった。

「先ほどもお願いしましたが、貫八さんは普段通りにしていてください。余計なお説教も、娘さん夫婦に伝えるのも、なしです。ああ、それから、くれぐれも絆《ほだ》されたり、妙な色気を出したりして、水を買ってしまわないように」

貫八が、勢いよく応じた。

「分かってらあ」

本当かなぁ。

拾楽は首を傾げたが、まずは信じてみることにした。

貫八が、こそりと拾楽に耳打ちする。

「先生、くれぐれも、おはまには内緒にしておいてくれよな」

おはまに要らぬ心配をさせたくない。いわずもがな、の話ではあるが。

「ええ、構いませんよ」

目に見えて、貫八がほっとする。そこに拾楽は引っ掛かった。

「貫八さん。他に何か、気になることでも」

「実はよ、先生」

「はい」

暫く視線をさ迷わせてから、貫八は、からりと笑った。

「いや、やっぱり、いいいや」

「何でも、言ってください。なんとなく妙だ、だけでも助かります」

食い下がった拾楽に、貫八がおずおずと、切り出した。

「なあ、先生。あいつ。千之助の野郎《やろう》、本当に小伝馬町《こでんまちょう》にいるんだよな」

千之助が縄目《なわめ》を受けてから、一年が過ぎた。さて、どうしているか。掛井からも二《に》キのご隠居からも報せ《しら》はないが。人死にも出ている。死罪か、島流しか。どんな沙汰《さた》が下されたにしろ、大がかりな恩赦《おんしゃ》でもない限り、あの男が生きて江戸の町を好きに歩き回ることはないだろう。

「気になりますか」

「いや、その。おはまのことでよ。お延さんに『嫁に行くなら、色白に過ぎることはない』って言われたんだ。そん時は、笑って聞き流したんだけど、さっきのおてるさんの話で、思い出しちまって」

貫八が、間近《まぢか》で拾楽の顔を覗《のぞ》き込んだ。双眸《そうぼう》が、微《かす》かな不安に揺れている。

「まさか、牢《ろう》抜けしてねぇよな。そんで、またおはまを嫁に、なんて――」

拾楽は、苦笑混じりで貫八を宥めた。

「貫八さん、落ち着いて。牢抜けした咎人《とがにん》が、嫁取りなんてしないでしょうに」

ふ、と貫八が気の抜けた顔をした。

「そ、そうだよな。逃げ回ってるのに、嫁取りなんざしてる暇《ひま》ぁねぇよな」

「それに、もし牢抜けなんぞしたら、掛井の旦那がすぐに知らせに来てくれます」

「そそ、そうだよな」

「念のため、旦那に調べて貰いますよ」

ちゃんと分かれば、安心でしょうから、と言い添えた拾楽に、貫八は安堵の笑みを向けた。

「頼むよ、先生」

貫八が得心したところで、ぱん、とおてるがいい音で手を叩いた。

立ち上がって土間《どま》に降り、店子達を追い立てながら、自らも外へ出る。

つられて、拾楽も続いた。途端《とたん》に顔を刺す日差しを、掌で遮る。

どんな気まぐれか、今度はサバもさくらも、拾楽に付いて外へ出てきた。

「さあ、みんな。先生に任せるって決まったんだから、この話はここまでだ。貫八さん、ぐずぐずしてると、魚が傷《いた》んじまうよ」

貫八が、晴れやかで、少し疲れた笑みを浮かべて言った。

「ほっとしたら、力が抜けちまった。今日はもう店仕舞いだ。こいつは、長屋の皆で分けてくれ」

あっさりとおてるが応じる。

「おや、そうかい。済まないね。ああ、ついでにおろして貰えると助かるよ。『今日はもう店仕舞い』なんだろう」

「へぇ、へぇ。人遣いが荒《あれ》ぇなあ」

ぼやきながら、貫八は天秤を担《かつ》いで長屋の奥、井戸へ向かった。おてるは、次いで他の店子達を急かした。

「利助さん、おきねさん、もう仕事の頃合いだろう。早く店へお行き。豊山さん、いつまでも油売ってると、『読本の続き』が逃げちまうよ。おみつさん、市松《いちま》っちゃんがお腹《なか》を空《す》かせてそうだよ。魚は後で持ってってあげるから」

おてるの言葉に我に返ったらしい四人は、さあ、大変だ、とばかりに、慌ててそれぞれの部屋へ戻っていく。

サバは、暫く貫八を見つめてから、ちらりと拾楽を見上げ、さっさと部屋へ引き返した。

みゃお、みゃお。

呼び止めるように、さくらが鳴いた。

サバは知らぬ振りだ。

みゃお、みゃお、みゃーう。

——ねぇ、待ってったら。いいの、このままで。

兄貴分を呼ぶ悲しげな声が、そんな風に聞こえたのは、気のせいか。

それでもサバは、自分で開けた腰高障子の隙間から、滑るように中へ消えた。

さくらに甘いサバにしては、珍しい。

そして、サバに何やら訴《うった》えながら、後を追わないさくらも珍しい。

へにょりと、長く真っ直ぐな尻尾《しっぽ》を垂《た》らし、寂しそうな金の目で拾楽を見る。

なんだか堪《たま》らなくなって、拾楽はさくらを抱き上げた。

「振られちまったねぇ、さくら」

話しかけると、不服げに、ぅう、と唸られた。

それでも、額から耳の間を、毛を梳《す》くように撫でてやれば、ぐうぐうと、ご機嫌《きげん》に喉を鳴らす。

そうしてその場に残ったのは、拾楽とさくら、そしておてるだ。

もの言いたげなおてるは、二人きりでいるには居心地《いごこち》悪く、かと言ってこのまま逃げ出しても、「鯖猫長屋」の外まで追いかけて来そうだ。

仕方なく、拾楽からおてるへ水を向けることにした。

「貫八さんですが」

「何だい」

「人助けの話なのに、なぜおはまちゃんに内緒なのでしょう」

おてるが、苦い溜息を吐いた。

「あんなの人助けとは言わないよ。先生に丸投げしただけじゃないか」

「まあ、そう言わずに。貫八さんに任せる訳にはいかないでしょう。危なっかしくて」

「そりゃあそうだけど。せめて何か手伝わせたらどうだい。使いっ走り《ぱし》くらいはできるだろう」

「あたしひとりの方が、身軽ですし早いですよ」

「確かに。かえって、足手まといだね」

「それで、おてるさんはどうして話を逸らすんです」

おてるが答えるまでに、少し間が空いた。

「別に、逸らしちゃいないさ」

拾楽は、軽く皮肉を混ぜて笑んだ。

このところのおてるの妙な様子には、気づいていた。

やけに拾楽に気を遣ったり、しきりに様子を窺《うかが》っている。

そして、今日のこれだ。

おてるは、明らかに貫八よりも拾楽を案じていた。

拾楽の胸の裡を慮《おもんぱか》り、もっと怒ってもいいのだと促したり。

なんとかして、貫八の持ち込んだ騒動から遠ざけようと、話を逸らしたり、遣り取りを遮ったり。

外で話をさせたのも、貫八を素《そ》っ気《け》なくあしらうためと、他の店子仲間達にも聞かせて、拾楽ひとりに背負わせないためだったのだろう。

そこまで心配させるほど、何かをしくじった覚えはないけれど。

「おてるさん。先刻から、らしからぬ遠回り振りでしたよ。まるで、あたしと話が弾《はず》んだ時の磯兵衛さんのように」

「鯖猫長屋」の差配、磯兵衛はやり手だが、拾楽と話をすると、あちらこちらへ話が逸れてしまう、妙な癖があるのだ。

拾楽が、声にも冷たさを孕《はら》ませ、続ける。

「あれで気づかないと思われたのなら、あたしも随分と侮《あなど》られたものだ」

おてるは顔を強張《こわば》らせたが、すぐに、諦《あきら》めた風で白状した。

「今のは、本当に逸らしたんじゃないよ。正真正銘《しょうしんしょうめい》、呑気に過ぎる魚屋への憎まれ口さ」

ふん、と鼻を鳴らし、続ける。

「貫八さんは、猫の先生に甘えてるんだよ。おはまちゃんには心配かけたくなくても、先生になら構《かま》わないって思ってるんだろう」

ふ、と腕の中のさくらが、拾楽の顔を見上げた。

ちょん、と小首を傾げ、ゆらゆらと、尾を揺らしている様は、

――あたしは、甘えてもいいわよね。

と訴えているようだ。

可愛い。

抱いた掌で、背中を軽く二度、叩いてやると、安心したようにくるりと丸まった。

おてるが、生真面目《きまじめ》な声で、

「ねぇ、先生」

と拾楽に語りかけた。

「あたしは長屋で揉め事が起きるたびに、せっせと先生を巻き込んだ。なんとかし

て、先生が立ててた壁みたいなもんを、取っ払いたかったからね。お蔭で、今じゃあすっかり長屋に馴染んでくれたけど、今度は皆が、揉め事っていうと、すぐに先生を頼るようになっちまった。申し訳ないと思ってるんだよ」

「そりゃ、もうあたしは用済みってことですか」

言った拾楽自身が驚いた。

こんなことを言うつもりはなかった。

自分の言葉に、胸が鈍《にぶ》く軋《きし》んだのは、どうしたことだ。

おてるが、目を丸くした。

豪快に笑って、ばん、と拾楽の背中を叩く。

拾楽は思わず咽《む》せ、さくらが、にゃ、と小さな悲鳴を上げ、毛を逆立《さかだ》てた。

笑いながら、おてるが言う。

「ああ、ごめんよ、さくら。驚かしちまったねぇ。先生がおかしなこと言うからさ。だって、先生は『鯖猫長屋』の店子だ。ここの店子はみんな、身内みたいなもんさ。身内に用済みも済まないも、ないだろう」

なんだか、おてるさんは今日、詫びてばかりだね。

おてるの言葉に喜んだ自分を誤魔化すように、胸の裡で茶化《ちゃか》してみる。

ふいに、おてるが真摯《しんし》な声音で、訊ねた。

「先生だって、とっくにそのつもりなんじゃないのかい」

どう、返事をしていいのやら。

図星を指された戸惑《とまど》いなのか。思いもよらぬ驚きなのか。こそばゆい照れなのか。

落ち着かない、この気持ちの所以《ゆえん》が自分でも分からなかったから、拾楽は、ただ笑った。

おてるが、構わずに続ける。

「だから、あたしはこのところの先生が、少し心配なんだ」

「どうしてです」

笑んだまま訊き返した拾楽を見て、おてるがほろ苦い笑みを浮かべた。

「やっぱり、なんでもない」

やはり、今日のおてるは飛び切り、らしくない。

おてるさんこそ、どうしたんです。

言葉にする前に、再び、容赦のない力で背中を叩かれ、慌ててさくらを抱え直す。

「くれぐれも、危ない真似はしないことだよ。おはまちゃんが泣くからね」

おてるは、そう言ってから、思い直したように呟いた。

「今のあの娘《こ》だと、泣くより怒るか。たくましくなったからねぇ」

まったくだ、と心中頷いた拾楽に、おてるは手をひらひらと振り、井戸の側でせっせと魚をおろしている貫八の方へ向かった。

拾楽は、おてるの後ろ姿から、貫八へと視線を移した。

なぜ、頑なにおはまに知らせようとしないのだろう。

おてるが言うように、おはまに心配を掛けたくないだけ、なのだろうか。

いつもの貫八なら、拾楽に丸投げした途端、ほっとして自らおはまに話しそうなものだが。

「叱られるのが、怖《こわ》いのかねぇ。おてるさんの言う通り、おはまちゃんは随分とたくましくなったから」

ひとりごち、拾楽も自分の部屋へ戻った。

三和土から部屋に上がり、抱いていたさくらを下ろそうとしたが、さくらは拾楽の腕にしがみついて離れない。

引き離そうとする拾楽の手から逃げるように、肩によじ登る始末《しまつ》だ。

「いたた、爪が痛いよ。分かった、分かったから」

音《ね》を上げたのが通じたのか、肩から腕へ、甘えん坊の娘猫はようやく降りてきた。

腰を下ろし、膝の上に乗せてやると、

――はじめから、そうしてよ。まったく気が利かないんだから。

そんな風に金の目で訴えてから、くるりと丸まった。

「一体どうしたんだい、さくら。お前も妙だよ。ついさっきまであたしよりサバに

べったりだったじゃあないか」

拾楽の膝の上で寛《くつろ》いでいるように見えるさくらの、ぴんと立った耳が、ぴくぴく

と動いている。

耳をそばだてている証《あかし》だ。

なめらかな毛並みをそっと撫でながら、拾楽は思案した。

さて、これからどうするか。

明日は、朝から貫八の後をそっと追って、お延との遣り取りを覗くつもりでい

る。

その前に、お延と身内の人となりや様子を確かめておきたいが、すぐに出かけ

て、未《いま》だどこかそわそわしている貫八に、ついてこられても面倒だ。

夜が更《ふ》けてから、動くか。

拾楽の思案が聞こえたように、サバが動いた。

戻っていたせんべい布団の上から、拾楽の前へやってくる。

さくらが、嬉しそうに膝から飛び降り、サバの鼻に鼻を寄せた。

榛色の瞳と、金の瞳が交錯《こうさく》して暫く。

目に見えてしょんぼりしたさくらが、拾楽の膝の上へ戻った。

サバに背中を向けるようにして、くるりと丸くなった。

時折、すん、と鼻を鳴らしては、ぎゅ、と拾楽の腿《もも》に顔を押し付ける仕草《しぐさ》は、まるで、人の娘が半べそをかいているようだ。

二匹が仲違いするところを、初めて見たな。

驚きつつ、拾楽はサバを窘めた。

「サバや。うちのお嬢さんを虐めないでおくれ」

にゃ。

——仕方ないだろう。

そんな風に、珍しくサバが戸惑っている。

「何が仕方ないんだい」

にゃ、とまたサバが、短く鳴いた。

さっきと同じように聞こえるが、今度は多分、

――今日は、待て。

だ。

「ちゃんと、夕飯の支度《したく》までには、戻って来るよ」

サバは、他の店子達からは煮干《にぼ》しや刺身《さしみ》なぞ貰って旨《うま》そうに食べる癖に、拾楽からは「猫まんま」しか食べない。

炊き立ての白飯《しろめし》をサバの好みまで冷《さ》まし、上等の鰹節《かつおぶし》をたっぷりに醤油《しょうゆ》をひと垂らしする。下手《へた》をすれば人間の飯より上等な、猫まんまである。

さくらも、幼い頃から食べつけているせいか、サバの教えか、猫まんましか受け付けない。他で散々旨いものを貰っているのも、サバと同じ。

飼い主よりも贅沢な飯を、旨そうに――サバは、「まあまあ」だなという顔をしているが、耳や尻尾の動き、食べっぷりから、すっかり拾楽《しゅうらく》にはお見通しだ――二匹仲良く並んで食べるところを眺めるのは、拾楽の隠れた楽しみだ。

何しろ、サバの好みの味を出すまで、ああでもないこうでもないと、大層苦労を

したのだ。それくらい楽しませて貰っても、罰《ばち》は当たるまい。

だが、サバは、微かに苛立った声で、
にゃにゃ。

と鳴いた。

――飯は大事だが、そうじゃない。

そうして、拾楽を見つめる。榛色の瞳が、きらり、と物騒《ぶっそう》な光を放った。

拾楽も、サバが飯の心配をしているとは、本気で思ってはいない。

ただ、揃いも揃って、拾楽を引き留めようとしていることが、少しばかり面白くない。

とはいえ、ほかならぬサバの言うことを聞かずに動くと、ろくな目に遭わないのは、とうに承知だ。

ふう、と息を吐き出し、拾楽は肩を竦《すく》めた。

「分かったよ。今日は出かけなければいいんだろう」

拾楽が告げても、疑うような、脅すような目で、サバは拾楽を見据えていた。

「怒った顔も美猫《いろおとこ》だよ、サバや」

からかいながらサバへ伸ばした手を、容赦のないサバのが、ぶ、り、が襲《おそ》った。

「あいたっ」

いつもと変わらぬ拾楽の悲鳴が、長屋に響いた。

払暁《ふつぎょう》、明け六《む》つまで半刻と少し。

貫八が出かける気配を確かめ、拾楽はそっと部屋を出た。

東の空の闇《やみ》が、ようやく薄くなり始めた頃、頭の上にはまだ星が瞬《またた》いている。

サバは付いて来るつもりらしいが、さくらは畳んだせんべい布団の上から動かなかった。

昼間と同じように、しきりに甘えた声で鳴いてはいたけれど。

サバが拾楽と出かけて、さくらは留守番《るすばん》、ということはよくあるが、今日の二匹は少し様子が違った。

さくらはサバを見ようとしないし、サバも、少し困った様にさくらをちらりと見ただけで、何か伝える素振りも、一緒に行こうと誘う素振りもない。

「サバや。お前、余程さくらを怒らせたんだねぇ」

拾楽が言うと、サバとさくらから、
うう。

と唸られた。

――誰のせいだと思ってるんだ。

――誰のせいだと思ってるの。

二匹の気の合い様からして、そんなところだ。

どうやら自分を挟んで、仲違いをしているらしい。仲違い、というよりは、さくらが、自分の「お願い」を聞いてくれないサバに拗《す》ねている、ということのようだ。

そしてその「お願い」は、拾楽に纏わること。多分貫八の厄介事を引き受けるか、否《いな》かで揉めているのだろう。

昼間、貫八から詳《くわ》しい騒動の話を聞くまでは、さくらは普段通りだった。話が進むにつれ、次第に大人しくなっていき、拾楽が手を貸すと決めた辺りから、しきりにサバに訴えかけ、折れてくれないサバに臍《へそ》を曲げ、今は「この調子」である。

さくらもおてるのように、何やら拾楽を案じているらしい。

うちのお嬢さんには、猫離れして欲しくないんだけどねぇ。

拾楽は、胸の裡で願ったが、サバが目を掛け、可愛がっている妹分だ。ただの猫でいるのは難しいだろう。

もう、健《すこ》やかで機嫌よく過ごしてくれれば、それだけでいいか。

胸の裡で呟き、拾楽は思案をさくらから、貫八とお延へ向けた。

貫八が河岸で魚を仕入れている間に、「瓢簞亭」とお延の住まいを探っておこう。

決めた時、向かいの腰高障子が、するりと開いた。

出てきたのは、涼太《りょうた》だ。

元役者の男前で、夏は団扇売り、団扇の売れない季節は子供の玩具《おもちゃ》を自分で作って売っている。

無類の猫好きで、サバに拾われ「鯖猫長屋」へ越してきた。

涼太は、まだ眠りについているだろう周りに気遣いながら、低い声で拾楽に訊ねた。

「先生。手伝いは要るかい」

この男、「妖、お化け」の類が視《み》える。

恐らく、豊山辺りから昼間の話を聞いたのだろう。

拾楽は笑って首を横へ振った。

「今のところ、ひゅうどろどろの気配はありませんので」

芝居で、幽霊に使われる音に準《なぞら》えて伝えると、涼太はあっさり「そうかい」と頷いた。

「おいらの手が要る時は、声を掛けてくれ」

そう告げ、サバの側に屈《かが》み込み、耳と頭を纏めるようにして、頭から背の方へ、ごし、と撫でた。

サバが、気持ちよさげに目を細める。

乱暴な撫で方のように見えるが、涼太のしなやかな手と、いい塩梅《あんばい》の力加減が、サバは気に入っているらしい。

涼太は、名残惜《お》しそうにサバから手を放し立ち上がった。

「じゃ、おいらはもうひと寝入りするか」

拾楽は笑って、「ごゆっくり」と応じた。

背中を向けたまま、粋《いき》な仕草で手を振り、涼太は部屋へ戻った。

付かず離れず、の涼太の間合いは、ほっとする。

あまり気遣われ過ぎると、気楽な一人働きの盗人だった自分が出て来て、「息苦しい」と騒ぎ立てる。

一方で、こそばゆい心地よさを感じてもいるのだから、我ながら調子がいいとも思う。

軽やかに先んじたサバを追って、長屋の木戸を潜《くぐ》ったところで、拾楽は足を止めた。

気配の主《ぬし》を見ずに、訊ねる。

「それで、貴方《あなた》は何の用ですか」

木戸の傍ら、夜明け前の深い暗がりで、男が動いた。

「やあ、拾《しゅう》さん。おはよう」

歳《とし》の頃は三十七、八。上背《うわぜい》は拾楽より頭半分低いが、肩幅と胸板《むないた》は、薄っぺらな拾楽よりもひと回り厚い。

額の右側、右目、頬《ほお》を覆《おお》った、藍染《あいぞめ》の濃淡が粋な織物の眼帯、月代《さかやき》のない髪を儒《じゅ》者髷《しゃまげ》にきっちりと纏め、生成《きな》りの小袖《こそで》に留紺《とまりこん》の袴《はかま》、薬箱を手にした姿は、暗闇でもその色合いがはっきりと分かるほど、見慣れてしまっている。

佇《たたず》まいも、男から仄《ほの》かに漂う薬草の匂いも、ただひたすら爽《さわ》やかだ。

隻眼《せきがん》の蘭方医、杉野英徳《すぎのえいとく》である。

正体は、泣く子も黙る稀代《きたい》の大盗人《おおぬすっと》「鯰《なまず》の甚右衛門《じんえもん》」なのだが、堅気の振りが面白いらしい。

また、サバに、

——鯰を仕舞って医者でいるなら、拾楽《こぶん》の側をうろつくのを許してやる。

と言われたそうで、「闊達で清廉《せいれん》、腕のいい医者」に、見事になりすましている。

「鯰」の物騒な気配の欠片《かけら》も零れ落ちてこないせいか、このところ、拾楽でさえ時折その正体を忘れ、堅気の町医者と付き合っているつもりになっていることがある。

自分の脇の甘さにも困ったものだ。

英徳は、にこにこと、上機嫌な笑みを拾楽に向けている。

「随分と、楽しそうですね」

つい、恨めしげな物言《ものい》いになった拾楽に、英徳はさらりと告げた。

「ええ。何やら拾さんが面白いことを始めた、と聞きましたので」

「それは、どなたから」

昼間の騒ぎが、なぜ夜明け前に、深川にいるこの男の耳に入るのだ。

深川には「深川の主《ぬし》」とも「妖怪《ようかい》、地獄耳《じごくみみ》に千里眼《せんりがん》」とも呼ばれる二キのご隠居——菊池喜左衛門《きくちきざえもん》がいる。

ご隠居なら、昼間「鯖猫長屋」で何があったのか、その日のうちに知っていてもおかしくはない。

だが、長屋での出来事が、英徳《このおとこ》にも伝わっている、となると、拾楽としては身構えざるを得ない。

「鯰の甚右衛門」は、二キの隠居と掛井を、右腕だった手下の仇《かたき》と定めている。

ただ、鯰は、「手下が殺されたこと」よりも、「死んだ手下が甚右衛門に執着した挙句、この世でうろうろし続けていること」が、腹立たしいのだと言う。

甚右衛門は、手下の悋気《りんき》や嫉《ねた》みが引き起こす面倒を、最も嫌う。

だから鯰は、二キの隠居や掛井と、堅気同士として、親しくしているのだそうだ。

それが、死んでなお鯰に執着し、悋気を起こした、愚《おろ》かな右腕への何よりの仕置きになるらしい。

鯰の言い分を鵜呑《うの》みにするつもりはないが、英徳の正体を察した上で、二キの隠居はこの男を側に置いているし、そんな隠居を掛井は信じている。

あの二人がそう決めたのなら、拾楽としては下手に手を出さず、寝ている鯰を起こさずにいることが、得策だろう。

拾楽はそう決め、とりあえず英徳の好きにさせているのだ。

もっとも、いざ、鯰が本気で目覚めてしまったら、自分ひとりでは太刀《たち》打ちできる気がしないけれど。

そういえば、その手下、又三《またぞう》の幽霊《ゆうれい》は、今どうしているのだろう。サバに追い払われてから、気配がない。もしや、サバがあの世まで追いやってしまったのだろうか。

埒《らち》もないことを考えていると、英徳がそれは楽しそうに囁《ささや》いた。

「内緒です」

物思いに耽《ふけ》っていた拾楽は、英徳の言葉の意味が咄嗟にとれず、顔を見返した。

英徳が、揶揄《からか》うように笑った。

「いやだなあ、拾さん。お前さんが訊いたんですよ。拾さんが面白いことを始めたと、誰から聞いたのかって」

しまった。

慌てた拾楽が取り繕《つくろ》うより早く、英徳は、自分の唇の前に人差し指を立てて言った。

「ですから、内緒です。それより、こんなところで油を売っていていいんですか。ぐずぐずしていると、貫八さんが仕入れを済ませて、私達より早く、『瓢箪亭』に着いてしまいますよ」

サバも、まったくだ、という風に、団子《だんご》の尻尾を、不機嫌に振っている。帰れと言っても無駄だろうし、かといって、撒《ま》ける気もしない。

拾楽は、諦めて肩を落とした。

「さ、行きましょう」

うきうきと、拾楽を促した英徳に続きながら、拾楽は胸の裡でぼやいた。

昼間のおてるさんや豊山さん達店子仲間、臍を曲げたさくらに、すぐに引いてくれたとはいえ、先刻の涼太さん。

きっとまた、何やら、邪魔《じゃま》が入るんだろうねぇ。

拾楽の危惧《きぐ》は、当たった。

お延の住まいの手前で、顰《しか》め面《つら》の掛井に行く手を阻《はば》まれたのだ。

とどめ——かどうかは、分からないが——に待ってたのは、とびきり暑苦しい男だ。

「よお」

掛井は、拾楽へ軽く手を上げ、言った。

ちょっとした仕草も、粋ではあるが、どこか芝居がかっている。

掛井も英徳も、「生きる力」が強い。掛井のそれは「放《はな》つ力」、英徳は「惹《ひ》き付ける力」の違いはある。

けれど拾楽にとって、その力は眩《まぶ》しくもあり、暑苦しくもあるのは、同じだ。

拾楽より早く、英徳が朗《ほが》らかに応じた。

「おはようございます、成田屋の旦那」

「どこへ行く、とは、訊かねぇよ」

低く告げた掛井へ、拾楽は言った。

「お見通しって訳ですか」

「止《や》めとけ」

拾楽は、息だけで嗤《わら》った。

こうも立て続けだと、さすがに面白くないね。

思い通りに動けないことが苛立たしい。構われ過ぎることが煩《わずら》わしい。

口を開くと、ろくでもない皮肉しか出て来そうにない。拾楽が口を噤《つぐ》んでいると、掛井は矛先を英徳へ向けた。

「おい、医者。お前《め》ぇも、なんで止めねぇ」

英徳が軽く目を瞠《みは》り、掛井を揶揄《からか》った。

「おや、二キのご隠居に倣《なら》って『先生』と呼んでくださるのでは、なかったんですか」

「うるせえ。俺《おれ》は今、お前ぇに腹を立ててるんだ。お上品に『先生』なんて呼んでられるか。医者、答えろ。昼間、ちゃんと話したろうが。なのに猫屋を止めるどころか、お前ぇまでのこのこくっついてくるたあ、どんな了見《りようけん》だ」

掛井は、本気で腹を立てているらしい。

だが拾楽にとっても、気に食わない遣り取りである。

これは「鯖猫長屋」の店子が関わっている騒動だ。なのに、拾楽を止めるだのなんだの、当人のいないところで話さないで貰いたい。

一方の英徳は、「医者」と呼ばれ、悪態《あくたい》を吐《つ》かれても、楽しげだ。涼しい顔で言ってのけた。

「ううん、やっぱりその方が面白そうなので」

掛井が、呆気《あつけ》にとられた顔になった。英徳は続けた。

「こんな楽しいことは、そうないですよ。成田屋の旦那と拾さんと、三人でつるめる。おまけにサバの大将まで付き合ってくれて、いやあ、楽しいなあ」

「この野郎」

掛井は凄《すご》んだものの、すぐにがくりと肩を落とした。すっかり毒気《どくけ》を抜かれたようだ。

白《しら》み始めた空をちらりと見遣り、辺りへ視線を配《くば》ると、拾楽と英徳を顎で促した。

「ここはちっと拙《まず》い。顔貸せ」

いち早く応じたのは、サバだ。英徳も続いたので、仕方なく拾楽も従った。

連れていかれたのは、二階がある小さな表店《おもてだな》だ。

潜り戸から中へ入ると、暗がりに並べたままの簪《かんざし》や絵草紙《えぞうし》、匂い袋に楊枝《ようじ》、煙管《キセル》、雑多《ざった》な品がぼんやりと浮かんでいた。物見遊山の客を当て込んだ、土産物屋《みやげものや》というところだろうか。

丸い字で「甘酒《あまざけ》」と書いた紙が、三和土の壁に貼られている。

「鯖猫長屋」の近くにも、掛井が訊かれたくない話をする時に使う甘酒屋がある。

ぼそりと訊いた拾楽に、掛井は「たまたまだ」と答えた。

「また、甘酒ですか」

二階と勝手口の方で気配が動いているが、店の者ではなさそうだ。

掛井より先に、サバが音もなく勝手口へ向かう。

ひょっこり顔を出したのは、掛井が使っている目明《めあか》し、平八《へいはち》だ。

咎人上がりや性悪《しょうわる》の多い目明しにしては珍しく真っ当、よくできた男で、穏《おだ》やかで生真面目、役目も誠実にこなす一方、拾楽の軽口《かるくち》に乗ってくれる、気安いところもある。

湯島《ゆしま》の坂下町《さかしたちょう》で髪結床《かみゆいどこ》を営《いとな》んでいるが、髪結の腕は人気の廻《まわり》髪結の女房の方が、かなり上らしい。

平八は、拾楽と英徳に軽く会釈《えしゃく》してから、掛井と視線を交わした。

小さく頷き、近づいたサバの頭を軽く撫で、勝手から続く階段で二階へ上がって行く。

にゃ。

——ご苦労。

とばかりに、サバが短く鳴き、開いた勝手口から外へ目を向けた。

平八の代わりをしているかのようだ。

勝手口からは、垣根《かきね》と裏の住まいの小さな庭が見える。庭の向こうは小さな一軒家、その先、屋根越しにこんもりと竹が生《は》えていた。竹林と呼ぶには狭い茂みだ。更に向こうに、称仰寺《しょうぎょうじ》の敷地が広がっている筈である。

掛井が、勝手の土間の近くまで寄って腰を下ろした。英徳と拾楽もそれに倣う。

いつ見ても美しい、サバの背中の鯖縞柄越しに、掛井が外を親指で、くい、と指した。

「竹を背負ってる一軒家。あれが『瓢箪亭』の隠居夫婦の住まいだ。瓢箪亭はこの土産物屋の往来を挟んだ向かい。そっちは、二階で平八の手下が張ってる」

驚いた。

拾楽はまじまじと、掛井を見た。

掛井が、胡散臭《うさんくさ》そうに拾楽を見返す。

「何だよ」

「いえ、ちゃんとここで御役目をこなしておいでなのだな、と」

誤魔化した筈の本音《ほんね》を、英徳がからりと告げてしまう。

「拾さんは、旦那がわざわざ私達を止めにここへ来たんだと、思ってたんですよ」

「止めに来たぜ。本当なら、ここは平八に任せてるんだ。下手に黒巻羽織《くろまきばおり》が出入りして、勘《かん》付かれちゃあ元も子もねぇ」

長屋で散々心配され、構われたとはいえ、掛井までそうだと思い込むとは。

叫《さけ》び出したくなる程には、気恥ずかしい。

拾楽は危うく歪みかけた面《おもて》を引き締め、何もなかった顔で訊ねた。

「『綺麗な水』の詐欺、もう奉行所《ぶぎょうしょ》が動いているんですか」

掛井が、片眉を上げた。

「あの胡散臭《くせ》ぇ水、そっちじゃ『綺麗な水』で通ってるのかい」

「貫八さんが、そんなことを言っていたので」

ああ、と掛井が耳の後ろをぽりぽりと掻きながら、応じる。

「どうせ、お延の話を碌《ろく》に聞いてなかったんだろう。あいつらしいぜ」

「おっしゃる通りで。本当のところ、何と銘打《めいう》って売っているんです」

「『雪の玉水《たまみず》』」

掛井の答えを聞いた英徳が、呟いた。

「『新古今和歌集』ですか」

「そうらしいな」

気のない相槌《あいづち》が、掛井らしい。和歌だの漢詩だのは「遠回りでめんどくせぇ」とでも思っていそうだ。

『新古今和歌集』の「春歌」の中に、

『山ふかみ　春ともしらぬ　松の戸に　たえだえかかる　雪の玉水』

という式子内親王の歌がある。
山深い住まいでは春の気配も分からないけれど、玉のように美しい雪解け水が、
松の戸に時折落ちてきている、ほどの意味だろうか。
その「玉のように美しい雪解け水」から、水の名を取ったのだろう。
水に箔《はく》をつけるのに、よく知られた歌集の歌は、都合がいい。
ことり、と二階で気配が動き、掛井が舌打ちをした。
上から階段越しに、平八が顔を出して囁く。
「貫八が来やした」
「あの、馬鹿野郎」
吐き捨てた掛井を、拾楽は宥めた。
「あたしが、普段通りに商いを続けるよう頼んだんですよ。止めたら、こそこそと
お延さんの周りをうろつきそうだったので」
「丁度《ちょうど》、今の猫屋みてぇにか」
掛井が、すかさず拾楽を引き合いに出した。
英徳が、小さく噴き出す。
じろりと、掛井は英徳を睨《ね》め付けた。

「医者、他人事《ひとごと》みてぇに笑ってるけど、お前ぇ《めぇ》も同じだ」

すみません、と詫びながら、笑いの止まらない英徳をもうひと睨《にら》みしてから、掛井は拾楽に訊ねた。

「大丈夫なのか、あの危なっかしい魚屋は」

「普段通りに接すること。水は買わないこと。しつこく念を押しておきましたので、ご心配なく。あちらがおはまちゃんの名を出してきたせいで、かえって構えて掛かっているようですし」

「そうかい。それでも、なるべく関わらせたくはねぇな」

苦いぼやきは、貫八を案じている響《ひび》きが色濃い。

「旦那が危ぶむほど、『雪の玉水』は広まってるんですか」

「大して広まっちゃあねぇよ。今のところはな。ただ」

「ただ」

拾楽は、繰り返すことで先を促した。掛井が、答える代わりに問い掛けてきた。

「猫屋。お前ぇ、どこまで摑《つか》んでる」

「まだ、何も。貫八さんから話を聞いただけです。すぐにでも様子を見に来ようと思ったんですが、サバに止められましてね。きっと、英徳先生が首を突っ込みに来るのを読んでいて、それまで待て、ということだったんでしょう」

しっかり聞こえているはずのサバは、お延の家の方を見据えたまま、知らぬ振りだ。

掛井が、重ねて訊く。

「少しは察しが付いてるんだろう」

「貫八さんの話から、だけですよ」

「構わねぇ。聞かせろ」

拾楽は、貫八は『飲むと肌が白くなる水』だと勧められたこと、更に他人にも売るよう言われたこと、元々色白のお延が、その水に惚れ込むのは妙なことを伝えてから、告げた。

「子、孫、ひ孫と、手下を増やしてく、厄介な詐欺じゃあねぇかと。きな臭さの加減は、一味の大きさにもよるんでしょうが、お延さんの入れ込み振りから察するに、かなり危ない。『肌が白くなる』とは別の、御利益みたいなのもありそうだとは、踏んでいました」

掛井が、ふ、と短い息を吐き、ぼやいた。

「やっぱり、最初《はな》から猫屋を巻き込んじまった方が、よかったか」

「おや、あたしを巻き込まないよう、遠慮して頂《いただ》いたんですか。有難いけど、色付きの雪でも降りそうですね」

「なんだ。巻き込んで欲しいんなら、最初からそう言え。喜んで誘ってやる」

「謹《つつし》んでご遠慮申し上げます」

拾楽と掛井のくだらない遣り取りに、英徳が加わった。

「いいなあ、お二人は仲が良くて」

「仲良くなんか、ありませんよ」

「俺が仲良くしてぇのは、サバ公とさくらだ」

拾楽と掛井で、言い返した間合いが綺麗に重なった。英徳がにんまりと笑って「ほら、仲がいい」とからかう。

しらじらしいのは承知で空咳《からせき》をひとつ、拾楽は話を元へ戻した。

「旦那。さっきの話です。詐欺は広まっていない。ただ――。その続きは、何でしょう」

緩《ゆる》んでいた掛井の気配に、ぴん、と一本、芯《しん》が通った。低く苦い声で告げる。

「猫屋。お前《め》ぇの読み通りさ。御利益とはよく言ったもんだ」

息ひとつ分の間を置いて、掛井は続けた。

「『雪の玉水』に嵌まった連中の様子が、揃って危ねぇ。目が据わっちまってる。ろくでもねぇ仏像だの壺《つぼ》だのを、高値で買って熱心に拝んでやがる奴らと、同じ目だ」

英徳が、軽く顔を顰めた。

「厄介な」

その様子は、「鯰は手下の悋気、寵《ちょう》の競い合いを何より嫌う」と拾楽に告げた時のことを思い出させた。

あの時は、まるで他人事のように語っていたが、今日はほんの軽くとは言え、嫌《けん》悪《お》を表に出している。ただ、今の方が「英徳」という堅気の医者らしく見えるのだから、この男は恐ろしい。

どんどん、「堅気の医者」に化けるのが上手《うま》くなっている。

逸れかけた思案を、拾楽はすぐに戻した。

悋気や寵の競い合いが起きるのは、慕《した》う相手がいるからだ。

まして、相手は盗人界隈では知らぬ者のいない「鯰の甚右衛門」である。

手下達にとって、鯰は唯一《ゆいいつ》無二の頭領《とうりょう》で、鯰の指図《さしず》が全て。

鯰に従ってさえいれば、盗人仕事をしくじることなぞない、何の恐れも心配もない。そう、思い込んでいる。信心《しんじん》と似たようなものだ。

その近視《ちかめ》な慕い様が、掛井言うところの「ろくでもねぇ仏像だの壺だのを、高値で買って熱心に拝んでやがる奴ら」と重なるのかもしれない。

だから、英徳は身に沁《し》みて「厄介」だと言ったのだ。

「猫屋。医者」

掛井が二人を呼んだ。

「俺が、首突っ込みに来たお前《め》ぇらを止めた訳は、それだけじゃねぇんだ」

拾楽も英徳も、黙して掛井の話の先を待った。

「詐欺の元締めが、ご隠居の網《あみ》に掛からねぇ」

「何ですって」

思わず、拾楽は訊き返した。

英徳が、涼やかに笑って、

「そりゃあ、随分と大物だ」

と呟いた。

隅田川の東――深川界隈で、二キの隠居の知らぬことは、ない。

両国橋《りょうごくばし》を渡ったこちら、西は「まだ、目の行き届かないこともある」と、隠居当人は言っているが、恐らくそれは、今日どこそこの商人が落とした財布の中身が分からない、程の些末事《さまつじ》だろう。

ましてや、これだけ大掛かりな詐欺一味のこと、しかも、既《すで》に掛井が探索を始めている悪事の元締めが掴めないなぞ、拾楽は、ついぞ聞いたことがなかった。

掛井が、放るように英徳へ異を唱える。

「そうとも、限らねぇ。江戸の外から糸を引かれたんじゃあ、ご隠居にだって掴めねぇこともある。江戸に来て間もねぇ一味だって、似たようなもんだ。まあ、名の知れた盗賊一味なら、大体の居所《いどころ》は掴んでいるようだがよ」

英徳が、まるで関わりのない顔をして「それは、すごい」と合いの手を入れた。

「まだひよっこ一味で、動き出して日が浅いってぇこともある」

なんだか、手前《てめ》ぇに言い聞かせてるようだねぇ。

拾楽の胸の裡の呟きに応じるように、掛井は言い添えた。

「だが、どうにも落ち着かねぇ。妙な胸騒ぎがしやがる」

そんな騒動に、十手《じって》持ちじゃぁねぇお前ぇらを巻き込む訳には、いかねぇだろう、と。

ふいに、にゃん、とサバが鳴いた。

――来たぞ。

その声に、三人は音もなく土間へ降り、拾楽が勝手口の左へ、掛井と英徳が右へ身を隠した。英徳が偉《えら》そうに立ち、掛井が英徳に気遣って屈んでいる様《さま》が、少しおかしい。

サバは、勝手口の正面に陣取ったまま、悠然と顔を洗っている。

余裕綽々《しゃくしゃく》の猫を真ん中に置き、人間三人は軽く息を詰め、お延の住まいへ視線を向けた。

辺りが粗方昼間の明るさになった中、お延の住まいの庭に、魚のたっぷりと入った天秤棒を担いだ貫八が、軽い足取りで入っていった。

さして待たずに、四十半ばの女が、顔を出す。

唇の動きや、細かな表情までは見て取れないが、心許《こころもと》なげな足取りや青白い顔は、病《や》み上がりのようで、貫八から聞いていた人となりからは、かけ離れている。

縁側と庭、桶の魚を覗き込みながら、二人何やら話し込んでいる。

お延の佇まいは穏やかで、何かを熱心に語っている様子も、貫八と諍《いさか》いを起こす気配も、見えない。

むしろ貫八の方が、何やら訊きたくて、うずうずしている。

だめですよ、貫八さん。

拾楽の向かいで、掛井が唸った。

「おい、猫屋。あいつ、やっぱり危ねぇじゃねぇか」

英徳がのんびりと評する。

「貫八さんの性根《しょうね》の良さと世話焼きの性分が、出て欲しくないとこで出てしまいましたねぇ」

二階から降りてきた平八が、拾楽の傍らへ寄って、硬い声で囁いた。

「あっしが、どうにかして貫八さんを連れ出し――」

平八に仕舞いまで言わせず、サバが動いた。

貫八のいる庭まで一気に駆けると、「正真正銘、只《ただ》の猫でございい」という顔つき、普段のサバからしたら隙だらけの動きで、貫八の魚桶を覗いた。

「あいつ」

拾楽は呆れて呟いた。掛井は「サバ公、やるな」と感心し、英徳はサバの芝居の旨さをしきりに褒《ほ》めている。

くす、と平八が小さく笑った。

「大将に、助けられちまいやした」

大慌てだったのは、貫八だ。あわあわと、なんだかおかしな動きを繰り返している。

サバが、ちょん、と首を傾げて邪気《じゃき》のない仕草で貫八を見上げた。

榛色の瞳が物騒に光ったのを、拾楽は見逃さなかった。

――お前、分かってるんだろうな。

「脅してる、脅してる」

英徳は、楽しげだ。

サバに追い立てられるように、貫八がお延の家から離れたのを認め、拾楽は呟いた。

「さて」

着流しの襟《えり》を軽く整え、裾《すそ》を払う。

庭で寛ぐ我が物顔の猫を、お延は棒立ちで見下ろしている。

追い払おうとしないから、猫嫌いではなさそうだが、蝶《ちょう》を追いかけたり、訳もなく飛び跳《は》ねたり、また顔を洗ったりと、さくらにでもなったかのように、天真爛漫《てんしんらんまん》で気まぐれな様子を見せているサバに近づこうともしない。

一見のびのびとしている風で、サバが決してお延に懐《なつ》きに行かないのは、警戒しているからだ。

やはり、お延には危うい気配があるのだろう。

掛井が、勝手口から出ようとした拾楽を呼び止めた。

「おい、猫屋。どこへ行く」

にっこり笑って、拾楽は答えた。

「サバを迎えに。庭に上がり込んだお詫びもしなければ」

「ちょっと待て」

「折角、堂々と話を聞く口実を、サバと貫八さんがつくってくれたんだ。乗らない手はないでしょう」

「猫屋と医者を巻き込みたくねぇ」

「とうに、巻き込まれちまってますよ。貫八さんとおはまちゃんに火の粉《こ》が掛かるとなったら、知らぬ振りは出来ない。おてるさんにでっかい雷《かみなり》落とされます」

むう、と掛井が黙った。

英徳が、凪《な》いだ物言いで掛井を宥めた。

「拾さんの言う通り。旦那方とここでご一緒してるんだから、今更ですよ。拾さんも私も、好きでやってることですので、お構いなく。むしろ顎で使ってください」

それから、ううん、と唸って、至極《しごく》残念そうに拾楽へ告げた。

「本当は、付いて行って、胡散臭いものに入れ込んでいるお延さんとやらと、話してみたかったのですが。大将を迎えに行く口実なら、大の男が雁首《がんくび》揃えてってのも、妙な話になってしまいますね。仕方ない、ここは拾さんに任せます。ちゃんと私の知りたいことを、聞き出してきてください」

「英徳先生の知りたいことなんて、あたしには分かりゃしませんよ」

英徳が哀《かな》しげに嘆《なげ》く。

「拾さんは、つれない」

ふざけた遣り取りに音を上げたのは、掛井だ。

「ああ、もう分かったっ」

喚《わめ》いてから、ちらりと視線でお延の住まいを指す。

お延は棒立ちで、今度は自分の前脚の手入れを始めたサバを、見下ろしている。

追い払うでもなく、構うでもなく。

掛井が、溜息混じりに拾楽を促した。

「あのお延の様子じゃあ、さすがのサバ公も、そろそろ間が持たなくなるだろう。迎えに行ってやれ。ついでに、何でもいい、聞き出してこい」

心配されずに送り出されることの気安さに、拾楽は自分でも驚く程ほっとしていた。

「お気を付けて」

平八が、生真面目な声で囁く。

「それじゃ」

軽く手を上げて、拾楽はお延の住まいへ向かった。


「ごめんくださいまし」

拾楽は、お延の住まい、庭の垣根越しに声を掛けた。

のろのろと、お延が拾楽を見遣る。

なるほど、成田屋の旦那が言う通り、この目つきは危ないねぇ。

胸の裡のみで呟いてから、愛想《あいそ》よく詫びる。

「ああ、すみません。うちのミケがお邪魔しちまって」

じろりと、サバが拾楽を睨みつけた。

——遅いぞ。

そんな風に。

「ミケ」と呼んだのも気に入らないらしい。

仕方ないじゃないか。サバと呼んで、お前が「永代橋の御猫様」だって気づかれたら面倒だろう。

にゃおーん。

いささか間延びした調子で、サバが鳴いた。

堂に入った只の猫振りに、今頃英徳あたりが、腹を抱えて笑っているだろう。

「ほら、おいで。ミケ。他所様《よそさま》の庭にお邪魔してはいけないよ」

サバは知らぬ振りだ。拾楽は肩を落とし、お延に問いかけた。

「すみません。庭へお邪魔しても」

お延は、虚《うつ》ろで、どこか熱っぽい目で拾楽を捕《とら》えたまま、何も言わない。

「あの、お内儀さん」

少し声を大きくして呼ぶと、お延ははっと我に返った顔をした。

「あ、ああ。ごめんなさい。何ですって」

拾楽は、少し笑みを深くして繰り返した。

「庭へ、入らせてもらっても構いませんか。こいつ、こちらさんの庭が気に入っちまったのか、梃子《てこ》でも動きそうにないもんで」

夢から覚めた顔のお延が何か答えるより早く、亭主の芳三が出てきた。

サバを見るなり、目尻《めじり》を下げて呟く。

「おお、綺麗なにゃん公だな」

芳三は早速庭に降りて、そっとサバの鼻先に手を出した。

ふんふん、と手の匂いを嗅《か》ぐのを待って、頭を撫でる。

「それに、人懐《ひとなつ》っこい」

「すみません、うちの猫がお邪魔しちまって」

気さくな調子で、芳三が拾楽を促した。

「なに、どこでも好きに出入りするのが猫ってぇもんでしょう。どうぞ、お入りくだせぇ」

それから、縁側で突っ立っているお延へ声を掛ける。

「お延もぼぉっとしてねぇで、遊んでやれ。ほら、可愛いだろう」

芳三は京の生まれだと聞いたが、江戸の言葉が板に付いている。

サバを撫でる芳三の手つきは、とても慣れた様子で、猫か犬を飼っていたことが窺い知れた。

今は、どちらの気配もないけれど。

拾楽が、「それじゃ、お言葉に甘えて」と断り、垣根が途切れただけの入り口から庭へ入る。

土産物屋からは家の陰になって見えなかったが、板塀《いたべい》と家の隙間、朝顔を縦に細長くしたような、白く大きな花が、涼し気に咲いている。

どこかで見たことがあるような。

思い出し掛けた何かは、サバに喜ぶ芳三の笑い声に散らされた。

お延も、芳三が来たことですっかり現《うつつ》へ戻って来たようだ。

「そうね、可愛い猫」

柔らかく応じると、縁側に膝を付き、サバと、すっかり骨抜きにされた芳三を眺めた。

「気まぐれで威張りん坊なので、困ってます」

拾楽の言葉を聞き、芳三がサバに話し掛けた。

「ミケ、お前、威張りん坊なのかい」

にゃーお、とサバが鳴いた。

返事をしやがったと、芳三は楽しげだが、拾楽の肝は冷えた。

――威張りん坊だと。

そんな風に、サバが目を細めたからだ。

明日の朝、鼻がぶりで起こされるのは、決まったようなものである。

「猫も、いいなあ。なあ、うちでも飼ってみるか」

お延は、哀しそうに笑むのみだ。

拾楽は訊いた。

「猫も、ってぇことは、犬でも飼っておいでだったので」

芳三が、寂しげに笑った。

「賑やかな奴でしたよ」

それから、お延を視線でそっと指して、囁き声で続ける。

「この春、あの世へ行っちまってから、女房が寂しがってねぇ。また飼うかって水を向けても、この調子でさ」

「まだ、お辛いんでしょう」

そっと応じてから、拾楽は何の気なしを装《よそお》って、訊ねてみた。

「そういえば、この辺りは水がいいそうですね」

お延が目に見えて、身体を固くした。

芳三は、首を傾げ、からからと笑った。

「お前さん、名は。おいらは芳三ってんだ。こいつは延」

拾楽は、お延の様子をさりげなく確かめながら名乗った。

「拾楽といいます」

芳三が、応じる。

「じゃあ拾さんだ。お前さん、面白《おもしれ》えことを言うねぇ。この辺りも何も、江戸は大《たい》概《がい》が上水井戸だ、どこも似た様《よう》なもんだろうに」

拾楽も芳三に合わせて、笑った。

「そりゃあ、そうですね。けど、この辺りの水で顔を洗うと、色白になるとかなんとか」

「ううん、聞いたことはねぇな」

「ひょっとして、不忍池の弁天様の御利益でしょうか」

「ああ、なるほど。それはあるかも――」

「お前さん」

お延が、亭主の言葉を切るように、芳三を呼んだ。

「その子に、煮干しを上げたらどうかしら。お前さんが目利きしてあげて」

「そりゃ、いい。ちょいと待っててくれ」

「あ、芳三さん、どうぞお構いなく」

拾楽が声を掛けたものの、芳三はいそいそと引っ込んだ。

　ぽつりと、お延が呟いた。

「可愛い子ね」

「ええ、見てくれは」

「わざわざ探しに来るなんて、大事にしておいでなんでしょう」

「他所様にご迷惑をかけるのが、心配なだけですよ」

「賢《かしこ》そう」

「そうですかねぇ」

「うちの子も、賢いのよ。はちっていうんです」

　賢かった、ではないのか。

　心中で言い直した拾楽を他所に、お延は続けた。

「とっても、役に立ってくれていてねぇ。『雪の玉水』はあの子のお蔭で出来上がったの。だからあの子も、綺麗にしてあげなきゃ」

　目が据わり、口調に熱が籠《こも》る。

　拾楽は、そろりと訊いた。

「そいつは、色が白くなるって噂の」

「顔を洗うのじゃなく、飲むのよ。だって、そうしないと中身が綺麗にならないじゃない。猫の先生」

短い間黙って、拾楽はへら、と笑った。

「お見通しでしたか」

「そんな綺麗な猫、滅多にいないでしょう。この子が『サバの大将』ね。賢くて、怖い猫」

どうりで、口では「可愛い」と言いながら、サバに触れようとしなかった訳だ。

「でしたら、話は早い。その『雪の玉水』とやら、分けて頂けませんか」

「お断り」

お延の返事には、迷いがなかった。

「貫八さんは、熱心に誘っておいでだったのに」

「まったくおしゃべりねぇ、貫八さんは」

貫八の話をするお延は、ほんの少し正気《しょうき》が戻ったようだ。

ここは、貫八をこれ以上巻き込まないよう釘を刺すためにも、知らせておいた方がいいだろう。

「貫八さん、心配なすってましたよ」

お延の瞳が、ふ、と膜《まく》が掛かったようになる。

「心配しないでって、伝えてくださいな。はちが大丈夫って言っているから」

拾楽は少し考えて、訊ねた。

「あたしに『雪の玉水』を分けて頂けないのも、はちがそう言ってるから、ですか」

「ええ、そう。それに、猫の先生も大将も、怖いって聞いていいるもの」

そいつは誰から聞いたんで。

訊き掛けた時、飛び切り立派な煮干しを手にした芳三が戻って来たので、『雪の玉水』の話は仕舞いになった。

サバが煮干しを食べ終わったのを潮《しお》に、拾楽はお延夫婦の住まいを後にした。

「すっかり、見抜かれてましたよ」

遠回りをし、敢えて土産物屋の表から勝手へ戻った拾楽は、掛井と平八、英徳に告げた。

掛井が、慌てて訊き返した。

「何だって」

平八が、難しい顔で続く。

「ここのこと、ですかい。猫の先生」

「そうではなく、あたしとサバです。旦那や親分が見張っていることは、多分気づいていないでしょう。気にしていないだけなのかもしれませんが」

英徳が、確かめる。

「お縄《なわ》になる筈がないと、高を括《くく》っているのでしょうか。確かに今は、妙な水を売っているだけですしね」

「いえ。奉行所自体、と言うより、はちと『雪の玉水』以外は皆どうでもいいのかもしれません」

なるほど、と英徳が頷く。掛井は渋《しぶ》い顔で呟いた。

「なのに、猫屋とサバ公のことは、気にしてるってか」

拾楽は、傍《かたわ》らで寛いでいるサバの背を撫でながら、「そうですねぇ」と答えた。

機嫌が悪い癖に、拾楽の側にいるのは、爪を立てる隙を狙っているのか、子分を案じてくれているのか。

ぴしゃりと、掛井に叱られた。

「呑気にしてる暇《ひま》はねぇだろうがよ。水を売らねぇって事は、敵だと思われてるかもしれねぇって事だぞ」

英徳が、拾楽に確かめる。

「お延さんは、切れ者ですか」

「いいえ。詐欺に手を染める前は、ありふれた町人の御内儀さんだったと思います。貫八さんの話やご亭主との遣り取りから察するに、明るく、愛想のいいお人なんでしょう」

英徳が、ふむ、と唸って腕を組んだ。

「拾さんの惚《とぼ》け振りと大将の芝居を自分で見抜けるようなお人ではない、と。つまり、お延さんに入れ知恵した誰かがいる。狙いは初めに巻き込んだ貫八さんか、引っ張り出した拾さんか。あるいは『鯖猫長屋』丸ごとってことも」

拾楽は、笑った。英徳は、ただの売れない画描きを買い被り過ぎだ。

「あたしなんぞを狙って、何の得があるんです。長屋、というよりは貫八さんとおはまちゃん兄妹《きょうだい》、それに連なるお人ってのが、いい線かと」

魚を売って回る貫八は、『雪の玉水』を広める役割を果たすだろうし、おはまは、通い奉公先の内儀や娘からの信も厚いから、金持ちを引き入れる橋渡しには、うってつけだと見られているはずだ。

　掛井が、がりがりと、首の後ろを掻いた。

「狙っても得がねぇのに、お延に猫屋のことをわざわざ入れ知恵してやがるから、こちとら慌ててるんじゃねぇか」

「多分、あたしとサバが目障《めざわ》りなだけですよ。『雪の玉水』売りの邪魔をしそうだってね」

　拾楽が目当てなら、詐欺の一味に引き込もうとするだろう。

　店子達が目当てなら、サバと拾楽が邪魔になる。

　長屋の店子達が、何かとサバと拾楽を頼みにしていることは、少し探ればすぐ分かる話だ。

　じ、と英徳が拾楽を見つめた。

「何です」

　訊ねた拾楽に、英徳は軽く肩を竦《すく》めて答えた。

「いえ。拾さんにしては、隙のある見立てだな、と思いましてね」

　みゃーお。

　サバが鳴いた。

拾楽は、ぎくりとした。

初めて、サバの言っていることが、分からなかった。

——子分は大丈夫だ。

なのか、

——英徳《こいつ》の言う通りだ。

なのか。

「どうしました、拾さん。顔色が悪い」

はっとして、拾楽は首を横へ振った。

「何でもありません」

掛井が、諦めた風に肩を竦めた。

「医者の言う通り、猫屋が手前ぇを蚊帳《かや》の外だと思い込んでるのは危なっかしいが、もし敵さんの狙いが猫屋でも、サバ公がどうにかするだろ」

拾楽は眦《まなじり》を下げて、ぼやいた。

「そこは、あたしがどうにかする、と言って欲しいところですが」

掛井がにやりと笑って、言い返した。

「そこは子分より親分ってもんだ」

英徳が、拾楽と掛井のくだらない言い合いを、難しい顔で遮った。

「案外、近くにいるのかもしれませんね」

居合わせた者が、一斉に英徳を見遣る。

英徳は続けた。

「詐欺の元締めが、お延さんの近くに、ですよ」

拾楽と掛井は、揃って頷いた。

「そういうことに、なるな」

掛井が応じれば、拾楽も、

「あたしとサバのことを前もって知らされていて、喧嘩を売って来たということは、元締めの指図があったのでしょうから」

と言い添えた。

平八が面を引き締め、立ち上がった。

「気ぃ引き締めて、見張りやす」

「おう、頼んだぜ」

二階へ向かう平八の背中を見送ってから、三人は話を続けた。

「それで、何か分かったかい」

掛井の問いに、拾楽は答えた。

「お延さんが妙な信心にのめり込んでいるのは、旦那の見立て通りかと。ご亭主の芳三さんは真っ当で、信心の匂いはしませんでした」

庭から見た限り、何かを祀《まつ》って拝んでいる様子はなく、『雪の玉水』らしきものも見当たらなかった。

「それから、この春、飼っていた犬を喪《な》くしたそうです。はち、という賑やかな犬で」

真面目に聞いていた掛井が、胡散臭い顔になった。

「『何でもいい、聞き出してこい』とは、言ったけどよ」

英徳が、まあまあ、と掛井を宥めた。

「ここは、もう少し拾さんの話を聞きましょう。ただの世間話ではなさそうだ」

「まるで」

英徳に促され、拾楽は語った。

「生きているかのように、話すんですよ。いや、違うな。今でも自分の側にいると、信じている」

「哀しんでるだけじゃ、ないのかい」

掛井の問いに、拾楽は首を横へ振った。

「役に立ってくれている、と。『雪の玉水』は、はちのお蔭で出来上がったそうです。あたしに水を売らないのも、はちの指図なんだとか。何より気になったのが、はちも『綺麗にしてあげなきゃ』と、据わった目、熱っぽい物言いで言われましてね。それから、『顔を洗えば色が白くなるって噂を聞いた』と、少し話を変えてかま掛けてみたんですが、飲まないとだめなんだそうです。そうしないと、中身が綺麗にならないから」

短い、けれど重く冷たい間が空いた。

掛井が、こめかみを人差し指で掻いた。

「ぞっとしねぇな」

「薄気味《うすきみ》悪い」

英徳が、素っ気なく言い捨て、拾楽を見て続けた。

「話が通じない年増女《としまおんな》より、犬の方が色々聞かせてくれそうですね」

拾楽は首を傾げた。

「犬、ですか」

やーう。

サバが、低く鳴いた。

――鈍い奴。

そう言われたと分かったことに、拾楽は随分とほっとした。

英徳が言い添える。

「ほら、お化けの話が聞ける男がいるでしょう」

「なるほど、佑斎《ゆうさい》さん」

「ああ、あの札書《ふだか》き屋か」

はっとした拾楽と、掌を拳で叩いた掛井の言葉が、重なる。

佑斎は、長屋に居座《いすわ》っている娘の幽霊、山吹《やまぶき》を助けてくれた男だ。よく効《き》くという呪《まじな》い札を売り歩いているが、元は腕のいい口寄《くちよ》せの拝み屋である。

英徳が、得たりと頷いた。

「拾さんは、大将と一緒に佑斎さんに当たってみてください。成田屋の旦那は、お延さんをお願いします」

捕《と》り物《もの》を大威張りで拾楽に押し付ける同心だ。医者に探索を仕切られても、少しも厭な顔をしない。むしろ嬉々《きき》として、「任せとけ」と応じている。

掛井が、にやりと笑って英徳に訊いた。

「医者は、何をしてくれるんだい。高みの見物か」

「少し、心当たりがありますので、そちらを」

「そちらってのは、どこだい」

「吉原《よしわら》です」

其の二

曼陀羅華《まんだらげ》

「子分」を案じる猫

サバと喧嘩《けんか》をした。

だって、兄《あに》さまったら、ちっとも拾楽《こぶん》を止めてくれないんだもの。

危ないって、分かってるくせに。

兄さまは、いつも子分に冷たい。

もうちょっと、優《やさ》しくしてあげればいいのに。

あたしは知ってるんだ。

兄さまの一番の好物は、子分がつくるご飯だって。

鼻がぶりも、爪《つめ》出しも、とっても楽しそうだし、ちゃんと手加減《てかげん》してる。

突き放しているように見えて、実は子分の思う通りにさせてるし、そのために手を貸してもいる。

けれど、今度は、まずい。

理由《わけ》は分からないけれど、とっても厭《いや》な感じがする。

「お化《ば》け、妖《あやかし》」——子分たちがそう呼んでいるから、あたしたちも真似《まね》ることにした――が近くにいる時の、首の後ろの毛が逆立《さかだ》つ感じとは違う。

お腹《なか》のあたりが、きりきり痛むような、厭な感じ。

出どころは、貫八《かんぱち》っていう、賑《にぎ》やかで魚の匂《にお》いがする人間。

でも、悪い奴《やつ》は貫八じゃない。

じゃあ、どいつが悪いのか。それが、視《み》えないんだ。

人間って、厄介《やっかい》だ。

「お化け、妖」や獣《けもの》のことなら、手に取るように分かる。地面が揺れたり、雨が沢《たく》山《さん》降ったり、橋が落ちたり、そんな災難もまあまあ細かく分かる。

なのに、人間が関《かか》わる悪いことは、いつだっていろんな匂いが混じったように、ぐちゃぐちゃしている。

はっきり分かるのは、厭な奴かどうかと、厭なことが起こるかどうか。それだけ。

人間って、本当に厄介だ。

望んでいることとさかさまのことを言ったり、しでかしたり。

考えてることだって、酷《ひど》くややこしくて、きみょうきてれつだ。

好きと嫌《きら》いが混じったり、厭なことに自分から手を出したり。

だから、何をしでかすか、何が起こるのか、はっきりと分からないんだ。

兄さまとあたしの大好きな子分は、そういう人間の仲間だから、とっても心配だ。

兄さまは、言う。

――あいつは人間だから、ややこしくて、奇妙奇天烈《きてれつ》なのが普通なんだ。思うようにさせてやれ。

でも、それで痛い思いをしたら、どうするの。

子分が痛ければ、好きなようにさせてる兄さまだって、痛くなるじゃない。

もうっ。

いっそのこと、子分も猫になっちゃえばいいのに。

＊＊＊

吉原《よしわら》へ行くと言った英徳《えいとく》だが、遊女達が身支度《みじたく》を始めるのは午頃《ひる》からで、朝に訪ねて行っては野暮《やぼ》だろうと、しばらくは土産物屋《みやげものや》に残って、お延《のぶ》の家の様子を見守るそうだ。

掛井《かけい》が、面白《おもしろ》そうに英徳に訊《き》いた。

「その気になりゃあ、いつでも大門《おおもん》を潜《くぐ》れるような言い振りだな。我儘《わがまま》が利《き》く伝手《つて》でもあるのかい」

「医者として来てくれと、先日からせがまれていたんですが、断り続けてましてね」

「何だ、人気花魁《おいらん》が風邪《かぜ》でも引いたか」

「風邪なら、出入りの医者でこと足りますよ」

「なら、もっと重い病《やまい》、いや、お前《め》ぇは、重い病人を断るような医者じゃあねぇな」

「それは、どうも」

「じゃあ、肌《はだ》の色を白くしてくれ、とか、そんな話かい」

『雪の玉水《たまみず》』の話を引き合いに茶化《ちゃか》した掛井へ、英徳は、ひょい、と肩を竦《すく》めた。

「肌を白くしたいなら、何年か陽《ひ》に当たらぬよう蔵《くら》にでも引きこもって、『薏苡《よくい》仁《にん》』を飲みながら暮らせばよろしい。いい白粉《おしろい》のひとつでも買うなら、話はもっと早いでしょう。ただ、『薏苡仁』は悪くないが、蔵と白粉は、まあ、あの世へ行きたきゃ、どうぞご勝手に、です」

白粉で女達が身体《からだ》を壊《こわ》す、というのは昔から聞く話だ。毎日念入りに化粧をする遊女なら、なおのことだろう。

陽に当たらぬよう蔵で暮らすなぞ、聞いただけで病になりそうだ。

掛井が、呆《あき》れたように笑った。

「身も蓋《ふた》もねぇな、医者」

「医者ですから。心身に関わることで嘘《うそ》は言いませんし、良いものしか勧《すす》めません」

つい気になって、拾楽《しゅうらく》は訊いた。

「それなら、腕利きの蘭方医《らんぽうい》が吉原に何の用です」

英徳が、微苦笑《びくしょう》をサバへ向けた。

だらしなく寛《くつろ》いでいたサバが、ぴくりと耳を震《ふる》わせ、厭な顔で英徳を見返す。

「東雲《しののめ》という遊女を、知っていますか」

吉原にはとんと縁遠い拾楽は「いいえ」と答えたが、掛井には思い当たる節があるようだ。

「猫花魁か」

「ええ。飼い猫のあかねを診《み》て欲しいと」

掛井曰《いわ》く、無類の猫好きで花魁道中《どうちゅう》の間も、飼い猫のあかねを抱いているのだという。

人懐《ひとなつ》っこい猫で、時には酒宴にも同席して愛想《あいそ》を振りまくそうで、それがまた東雲の人気を後押ししているらしい。

「よくご存じですね。旦那《だんな》」

ちらりと横目で見ながら訊《たず》ねた拾楽に、掛井は手をひらひらと振って見せた。

「よせやい。何も色気のある話じゃねぇ。吉原に落とすような金も持ち合わせてねぇ。噂《うわさ》で耳にするだけだ」

ぶつぶつと、

「ご隠居《いんきょ》が、流行《はや》り事くらい、常に耳に入れとけ、って言うからよ」

げんなりした顔でぼやく姿が、情けなくて可笑《おか》しい。

英徳が笑いを含ませた声で、話を戻した。

「どうも、大将とさくらを診ていることを、人伝に聞いたらしくて」

拾楽は、英徳に詫《わ》びた。

「店子《たなこ》仲間が、すみません」

「人伝《ひとづて》」とは、多分豊山《たぶんほうざん》のことだろう。

英徳は、「鯖猫長屋《さばねこ》」の面々の具合を細《こま》やかに気遣《きづか》っている。診療という程力の入ったものではないが、口を開けさせて舌《した》や喉《のど》の奥を確かめたり、呑《の》み過ぎを言い当てて叱《しか》ったり、時には、目の離せない年頃の子を持つおみつに、気が休まるという薬湯《やくとう》を煎《せん》じて飲ませたりもしているのだ。

おてるは、医者に診てもらうのが苦手《にがて》らしく、英徳に構《かま》われるたびに渋《しぶ》い顔をしているが、亭主の与六《よろく》の、

『お前《め》えが元気じゃなきゃ、始まらねぇ』

の鶴のひと声で、大人《おとな》しく言うことを聞くようになった。

そして、腕利きの医者の手は、サバとさくらにも伸びているのだ。

さくらは逃げ回っているが、サバはおてる並の渋い顔をするし、苛立《いらだ》たし気《げ》に短い団子《だんご》の尻尾《しっぽ》を、ぴっぴっと振っているものの、一応されるがままになっている。

ただそれは、あくまで長屋の中での遣《や》り取《と》りで、噂になぞならない。

となれば、花魁の耳に入れたのは、吉原の上等な見世《みせ》に縁のある豊山ということになる。

そういえば、豊山は、英徳に大人しく耳の中を覗《のぞ》かれているサバを、

『大将、案外身体に気を遣ってるんですねぇ』

と呟《つぶや》きながら、面白そうに眺《なが》めていた。

英徳が、笑った。

「長屋では、私が好きで世話を焼いているだけですし、口止めする話でもない。それに、吉原を探る、丁度《ちょうど》いい口実が出来たじゃあ、ありませんか」

英徳の話では、つい先だって、吉原から締め出された白粉屋がいたそうだ。遊女達に勧めていた「肌が白くなる水」が胡散臭《うさんくさ》いと、遣り手《やて》――遊女の世話役の年増女《としまおんな》に咎《とが》められ、それでもしつこく食い下がったので、吉原の門番、四郎兵衛《しろべ》会所《えかいしょ》の男衆《おとこし》に追い出された。

その後、四郎兵衛会所と大見世の主連《あるじれん》から達しが出され、全《すべ》ての見世で商《あきな》いが叶《かな》わなくなった。

妙な了見《りょうけん》を吹き込まれ、足抜けを図《はか》られたら厄介だ、ということになったらしい。

人気の花魁なら、その白粉屋と直《じか》に会っていなくても、詳《くわ》しい話を承知だろう。

そこまで話を聞いた拾楽は、土産物屋を出て、浅草寺《せんそうじ》の北、吉原の手前にある佑《ゆう》斎《さい》の塒《ねぐら》へサバと共に向かった。

お延とその周《まわ》りは掛井と平八《へいはち》に、白粉屋は英徳に任せた方が間違いがない。「危ない場」から遠ざけられた気がするのは、おてるに心配されたことが頭の隅《すみ》に残っているせいだ。

佑斎の畊は、田畑《でんぱた》の中にぽつんと建っている。

庭も生垣《いけがき》もなく、石で押さえた屋根板も板壁《いたかべ》も薄っぺらく、家や庵《いおり》というよりは、炭焼きや雨宿りの小屋に見える。

家の左、のびやかな銀杏《いちょう》の若木も、戸の前で、白に銀鼠《ぎんねず》の交じる美しい毛色の大きな犬——天《てん》が門番のごとく伏せているのも、初めて佑斎を訪ねた時と、変わらない。

拾楽に先んじてサバが近づくと、天はのっそりと顔を上げ、サバへ鼻先を向けた。

サバも鼻を天に向け、挨拶《あいさつ》を返す。

ふさ、ふさ、と天の尾が嬉《うれ》しそうにゆっくりと揺れた。

サバは、犬の好き嫌いが激しい。天のことはかなり気に入っているらしい。

それは天も同じで、他の犬猫とも、飼い主以外の人間とも、広めの間合《まあ》いを取るが、サバとさくらには懐いている。

天が、何かを探すように周りを見、サバへ視線を戻した。

サバの耳が、ほんの少し、へにょりと垂《た》れた。

天が、寂しそうに、くう、と鳴いた。

きっと、二匹でさくらの話でもしていたのだろう。

拾楽がゆっくり近づくと、黄味の濃い金色の目でじっと拾楽を見据《みす》えてくる。

「やあ、天。お前さんのご主人は、おいでかい」

天は、拾楽の言葉が分かっているように立ち上がり、小屋を逸《そ》れて裏手へ回った。

程なくして、手拭《てぬぐ》いで手を拭きながら、佑斎がやってきた。

歳《とし》は二十二、三、色白で鼻筋《はなすじ》は通っているが地味《じみ》なつくりの顔、痩《や》せ過ぎず太り過ぎず、上背《うわぜい》は高からず低からず。覚えにくく人の波に紛《まぎ》れやすい。絵に描いたような盗人《ぬすっと》向けの男である。

これが町中なら、佑斎の側《そば》へぴたりとついた天の方に、人の目は行くだろう。

佑斎は、地味な顔ににこにこと笑《え》みを浮かべ、拾楽に挨拶をする。

「おはようございます、猫の先生。すみません、裏で顔を洗ってまして」

拾楽は詫びた。

「こちらこそ、朝早くにすみません。これから札売《ふだう》りの商いですか」

佑斎は、腕利きの口寄《くちよ》せ拝《おが》み屋だったのだが、思うところがあって拝み屋を辞《や》めた。

今は呪《まじな》い札を売り歩いているが、その札も生来の才のお蔭《かげ》で、繁盛《はんじよう》している。

佑斎は、こて、と首を左に傾《かたむ》けた。

真似る様《よう》に、天も左に頭を傾けるのが、可愛《かわい》い。

このひとりと一匹は、なかなか込み入った経緯《いきさつ》がある。

佑斎は自分のことを、つい先日まで天の主《あるじ》の代わりだと、思い込んでいた。一方の天は明らかに佑斎を案じているものの、あからさまに甘えたり懐いたりしないものだから、なんとももどかしいすれ違いを演じていたのだ。

「先生は、私に急用があったのでしょう」

「ええ、ちょいとご相談がありまして」

「でしたら、こちらはお気遣いなく。今日売り歩くかも、どこで売り歩くかも、決めてませんでしたし。先生の用の方が大事そうだ」

あっさり、今日の商いを止《や》め、佑斎は拾楽とサバを家の中へ促《うなが》した。

相変わらず几帳面《きちようめん》に片付いているが、暮らしに入用《いりよう》なものぎりぎりしか置いていないせいか、がらんとして物寂《ものさび》しい。

もう少しいいところに家移《やうつ》りしたらどうか、と言い掛けて、拾楽は止めた。

狼《おおかみ》のような天が一緒では、町中で暮らすのは難しい。周りの農家でさえ、天を怖《こわ》がってあまり寄り付かないと聞いている。

また、佑斎自身も、人の気配《けはい》の少ないところが暮らしやすいらしい。

口寄せとは、あの世の魂《たましい》を自《みずか》らの身に降ろして、言葉を聞いたり、身内との橋渡しをしたりする。

普段は、あの世とこの世の理《ことわり》によって、勝手に取り憑《つ》かれることはないそうだ。

ただ力のある術者は、ごくまれにあの世の住人が、まるで生身《なまみ》の人間のように視えることがある。

それは例《たと》えば、大きな心残りがあるとか、この世に強い執着《しゅうちゃく》を持っているなどだ。

そういう魂と、それと気づかず触れ合ったり、言葉を交《か》わした拍子《ひようし》に、身体に入られてしまう。

現に佑斎は、鯰《なまず》の甚右衛門《じんえもん》の右腕、又三《またぞう》に我が身を乗っ取られたばかりで、見知った顔しか見かけないこの場でなければ、安心して過ごせないだろう。

「少し、贅沢《ぜいたく》をしてみました」

佑斎が照れ臭そうに出してくれたのは、香りのいい番茶だ。サバと土間《どま》へ入って来た天も、小さな煮干《にぼ》しを貰《もら》って、上機嫌《じょうきげん》である。

少しの間、仲のいい犬猫を二人揃《そろ》って眺めてから、佑斎が切り出した。

「それで、ご相談というのは、口寄せの方ですね」

「佑斎さんは、『雪の玉水』をご存じですか」

戸惑《とまど》ったように、聞いたことがないと答えた佑斎に、拾楽は「瓢箪亭《ひょうたんてい》」やお延の名を伏せて、これまでのことをかいつまんで話して聞かせた。

ふむ、と佑斎が唸《うな》る。

「そのおひとの近くへ行っても、大将の瞳《ひとみ》の色は変わらなかった、と」

佑斎は視えるだけあって、サバが「妖、お化け」に近づくと、榛色《はしばみいろ》の瞳に青みが混じることに、かなり早くから気づいていた。

拾楽は、「ええ」と頷《うなず》いてから続けた。

「実は、そこが気になっているんです」

佑斎が、拾楽の言葉の先を引き取る。

「可愛がっていた犬が導いてくれてる、ですか。正直、それは考えづらい。怪《あや》しげな詐欺《さぎ》の話は飼い主の為にはなりませんからね。となれば、飼い主の思い込みなのか、只《ただ》の方便《ほうべん》に騙《だま》されておいでなのか。あるいは、その犬が誰かに捕《とら》えられているのか」

拾楽は、きゅ、と唇《くちびる》を噛《か》んでから、確かめた。

「やっぱり、そういうこともありますか」

佑斎の返事には迷いがない。

「式《しき》、という呪いがあります」

陰陽道《おんみようどう》の術のひとつで、呪《しゅ》を書き込んだり人を象《かたど》った紙に、霊や鬼を呼び出して閉じ込め、使役《しえき》する技《わざ》なのだと言う。

佑斎が地味な顔を曇《くも》らせ、呟いた。

「もしそうなら、辛《つら》いでしょうね。主に仇《あだ》をなす片棒を担《かつ》がされる訳《わけ》ですから」

佑斎さんらしいな。

佑斎は、生身の人間よりもむしろ、あの世の住人に情けを掛けるきらいがある。

それが拾楽には、どうにも危《あや》うく見えてならないのだが。

くぅん。

天が、哀《かな》しげに鼻を鳴らした。

どうやら天も、拾楽と同じ危惧《きぐ》を抱《いだ》いているらしい。

これは、天の代わりだ。

自分に言い訳をしながら、お節介《せっかい》を焼く。

「あたしは、時々心配になるんですよ。佑斎さんが、生きたまま、あの世へ溶け込んじまうんじゃないかってね」

佑斎が、目を丸くし、次《つ》いで朗《ほが》らかに笑った。

天の頭を撫《な》でながら、言う。

「猫の先生。あの世の住人も、元はこの世の住人ですよ。何も変わりはしない。先生だって、山吹《やまぶき》さんを長屋の店子のように、思ってるじゃあありませんか」

それは当たり前だ。豊山を好いている健気《けなげ》でいたずらな幽霊《ゆうれい》、山吹は、ちっとも幽霊らしくないのだから。

腑《ふ》に落ちないと顔に出すと、佑斎は困った様に笑った。

「本当に心配は要《い》りません。天の面倒は仕舞《しま》いまで私が見ると決めていますので」

少なくとも、天が元気なうちは、浮世《うきよ》に留《とど》まるという訳か。

拾楽も笑って、天の額《ひたい》をそっと撫でた。

「それじゃあ、お前はうんと長生きしなきゃあねぇ。天」

わふ、と低く吠《ほ》えた天は、任せろ、とでも言っているようだ。

束《つか》の間和《なご》んだ場を、拾楽は話を戻すことで引き締めた。

「お延さんの言葉がただの思い込みなら、こちらでなんとかします。お延さんの犬、はちがどうしているのか、知ることはできませんか」

佑斎が、眉根《まゆね》を寄せた。

「正直、難しいです。人ではないので言葉での細かな遣り取りが出来ない。繋《つな》がることができれば、想《おも》いは汲《く》み取れますが。先生」

「はい」

「世間話でも構いません。お延さんと私が話すことは、難しいでしょうか。あるいは近くに行くだけでも構いません」

「それは、ご勘弁《かんべん》ください」

頼み事をしておいて思うことでもないが、この騒動に佑斎まで巻き込みたくない。

返事は分かっていたという風に、佑斎が頷く。その眉間の皺《しわ》が深くなった。

「では、はちを探す目印が欲しいですね。繋いでいたのならその縄《なわ》や、餌《えさ》を貰っていた器《うつわ》。とりわけ慕《した》っていた飼い主の物でも、構いません」

呼び出す縁《よすが》、呼び出しに応じた「犬」が本当に「はち」なのかを確かめる証《あかし》が欲しいのだという。

お延さんに「ください」と言っても、断られるだろうしなあ。仕方ない、ちょいと忍び込んで失敬するか。

よからぬ思案をしながら、「分かりました」と応じた。

佑斎が、それから、と言い足した。

「できれば、はちの人となりなども分かると、有難《ありがた》いです」

拾楽は頷く。

こちらは、貫八に訊けば何か分かるかもしれない。

少し温《ぬる》くなった番茶を有難く頂《いただ》き、拾楽は佑斎の住まいを後にした。

不忍池《しのばずのいけ》の西、「瓢箪亭」を見張る土産物屋へ戻ると、英徳は発《た》った後だった。

掛井も、二《に》キの隠居に呼び出されたとかで、見張りは平八が仕切っている。

土産物屋は店を開け、何事もないかのように商いを始めていたので、平八に頼んで二階へ上がらせて貰った。上がり際《ぎわ》、目が合った店主と、頭を下げるだけの挨拶を交わす。

サバは、勝手で平八の手下《てか》、忠助《ちゅうすけ》から握り飯を分けて貰っている。文句《もんく》も言わずに食べているあたり、つくづく拾楽にだけ厳しい猫だ。

向かいの「瓢箪亭」は、大繁盛という程ではないものの、客の出入りが途切《とぎ》れない。出てくる客は大概《たいがい》いい顔をしているから、評判通り旨《うま》い店なのだろう。

時折、贔屓《ひいき》らしい客を見送りに出る女将《おかみ》は、明るい笑顔で人あしらいが上手《うま》そうだ。目許《めもと》がお延に、耳の形が芳三《よしぞう》に似ている。

裏手のお延の住まいは、穏《おだ》やかなものだ。お延は掃除をしたり、繕《つくろ》い物をしたり忙しそうで、芳三は庭木の手入れの合間《あいま》に、お延に話しかけている。

どちらも楽しげで、何の憂《うれ》いもない、幸せそうな隠居の夫婦にしか見えない。

亭主に気づかせずに、詐欺、信心《しんじん》か。

熱の籠《こも》ったお延の目を思い出し、拾楽は顔を顰《しか》めた。

所詮《しょせん》は素人《しろうと》だと、下手《へた》に侮《あなど》っては痛い目を見るかもしれないな。

気を引き締める一方で、貫八の為に、貫八を案じるおはまの為に、穏便《おんびん》に足を洗わせてやりたいとも願う。

だがまずは、犬――はちだ。

佑斎の助けになる物を早く手に入れたいが、昼日中《ひるひなか》、夫婦が揃っている家へ、平八の目を盗んで忍《しの》び込むのは、少しばかり厄介だ。

せめて、何を失敬すればいいか見当をつけておきたい。

そう決めて、拾楽は見張りをお延の家に絞《しぼ》った。

暫《しばら》くすると、掛井が戻って来た気配がしたので、拾楽は勝手へ降りた。

「よぉ」

軽く手を挙げた掛井は、渋い顔だ。

「『雪の玉水』のこと、少し分かったぜ」

二キの隠居から伝えられた話は、こうだ。

件《くだん》の白粉屋は、店を持たない振り売りで、この夏になってから急に商いが目立ってきた。

初め、六十絡《がら》みの男が売る白粉の売れ行きは芳《かんば》しくなかったが、辰巳《たつみ》芸者の間で「下《くだ》りもののように、滑《なめ》らかだ」と噂になった。

そこから吉原へ、市井《しせい》の女達へと広まり、今では女達が振り売りを追いかけているのだという。

途中から、売り手は六十絡《がら》みの男から若い男前に変わったが、店を持たずに売り歩いているのは変わらずで、ここまでの売れ行きなら店を構えてもいいのに、と客達は不思議がっている。

若い男は、白粉の贔屓になった遊女達に『雪の玉水』を勧め始めた。

初めは、飲めばもっと色が白くなるという触れ込みで、その気になった幾人かの遊女が買い求めた。

飲んでも変わらないと、不平が出るのはあっという間だった。

だが若い男は、得意げに言い返した。

『まず、身体ん中が綺麗《きれい》になるんでさ。胃の腑も、心《しん》の臓《ぞう》も、汚れちまった心ん中もね』

その熱っぽい目つきと怪しげな話の中身に、遊女達が怯《おび》え、遣り手が動いた、という訳だ。

また、どうしてか『雪の玉水』を売り付けようとしたのは、吉原でだけ。辰巳芸者や市井の女には白粉しか売っていないそうだ。

吉原を締め出されたのは若い男前の方で、その後すぐ、町中での白粉の売り手が別の男に変わった。吉原には、近づく気配もないらしい。

拾楽は、呟いた。

「その経緯《いきさつ》から察するに、吉原の『雪の玉水』売り込みは、若い男が勝手に先走ったってことでしょうか」

「だろうな」

「六十絡みの男ってのは。詐欺の元締めでしょうか」

掛井が、放るように告げた。

「分からねぇ」

拾楽は、少し間を空《あ》けて、軽く頷いた。

「なるほど、渋い顔の理由《わけ》は、そこですか」

掛井は、がりがりと首の後ろを搔《か》いて、吐《は》き捨てた。

「二キのご隠居が本腰入れて探ってるのに、正体《しょうたい》がまるで摑《つか》めねぇ。ひょっとして、夜中になると行燈《あんどん》の油舐《な》めてるような奴なんじゃねぇのか」

掛井は、二キの隠居に絶大な信を置いている。その隠居の目をかいくぐる奴が出ては、掛井がここまで焦《あせ》るのも無理からぬことだろう。

強がりの冗談《じょうだん》で悪態《あくたい》を吐《つ》いた成田屋《なりたや》に、拾楽も敢《あ》えて軽口《かるくち》で返す。

「旦那が、妖《あやかし》を信じる気になるとは。たぬきにでも化《ば》かされましたか」

「正直、そんな気分だよ」

そこへ、英徳も戻って来た。

「成田屋の旦那にしては、珍しく弱気じゃありませんか」

掛井が右の口の端《はし》を、皮肉な形に持ち上げ、応じる。

「そういう医者も、湿気《しけ》た面《つら》してるじゃねぇか。東雲花魁の猫は手に負えなかったかい」

やれやれ、と英徳が肩を落とす。

「手に負えないも何も。ちょっと他の猫より腹の中の毛玉を吐くのが苦手だったってだけですよ」

猫が毛繕《けづくろ》いをして腹に入った毛は、そのまま糞《ふん》で出ることもあれば、自分で吐き出すこともある。それは猫の性質《たち》によるが、東雲の猫、あかねは、毛玉が出来やすく、吐き出すのが下手《へた》くそな性質だったらしい。腹の中に溜《た》まった毛玉のせいで、餌を食べなくなっていたのだという。

毛玉が大きくなれば命に関わるが、それほどでもなかったそうだ。

「腹下しの薬を飲ませ、あとは殆《ほとん》ど部屋から出さずに飼っていたので、たまに外へ出してやるように伝え、落着です」

拾楽は、肩を竦めた。

「なるほど、可愛がり過ぎたのが仇《あだ》になったって訳ですか」

猫は、毛玉が詰まっても、大抵《たいてい》は自分でなんとかするものだ。身体を動かせば腹の中も動いて糞が出やすくなるし、外の草を食べて吐き出す助けにすることもある。

外へ出さないのなら、それなりに身体を動かす遊びに付き合ってやったり、屋内を好きに歩かせてやったり、人の手で草を与えてやらなければ、身体も壊すだろうし、猫も息苦しいだろうに。

英徳が、下らない、とばかりに鼻を鳴らした。

「そんなことも知らない飼い主に飼われる猫が災難です。ただ、花魁からは、いい話が聞けました」

掛井が身を乗り出した。

「何だ」

「白粉屋の素性《すじよう》が、分かりましたよ」

掛井の眼光が、殺気にも似た鋭《するど》さを纏《まと》った。その気配に、英徳は知らぬ振りだ。

何も言わない掛井に代わって、拾楽が訊いた。

「素性が分かったのは、吉原に出入りしていた若い男前ですか。それとも六十絡みの男」

涼《すず》やかに、英徳が笑った。

「もう、それは摑みましたか。さすが、二キのご隠居ですね」

掛井が、低く急《せ》かした。

「いいから、言え。若い方か、年寄りか」

ひょいと肩を竦め、英徳は答えた。

「年寄りの方です。怪しげな水が元でお縄にでもなって、いい白粉が江戸から消えては困ると、大層口は重かったんですが、猫を助けた甲斐がありました。東雲花魁の話では、名を万左衛門《まんざえもん》。歳は五十代半《なか》ば、近江《おうみ》国草津《くさつ》の出で、今は白金村《しろかねむら》で暮らしているとか。初めは、万左衛門自ら、幾日か市中で泊まりながら白粉を売り、白金村へ戻る、を繰り返していたが、そのうち若い男が『万左衛門から商いを頼まれた』と言って、売り歩くようになったそうです」

掛井が、ふん、と鼻を鳴らした。

「江戸の隅だな」

拾楽が応じる。

「狙《ねら》ってますね」

白金村は、高輪《たかなわ》の大木戸の西、辛《かろ》うじて「江戸」と呼べる辺《あた》りだ。周りは大名の下屋敷《しもやしき》と寺、百姓地ばかり。隅田川《すみだがわ》の西にも手を伸ばしているとはいえ、「深川《ふかがわ》の主」の目はどうしても届きにくい。

敵は、そこを狙って根城《ねじろ》にしたと見ていい。

つまりは、二キの隠居を見据えてことを構えているのだ。

掛井が立ち上がった。

「白金村の万左衛門だな」

旦那、と拾楽が止めた。

掛井が低く呟く。

「それだけ知れりゃあ、上出来《じょうでき》だ」

「お待ちを」

拾楽が再び止めたが、掛井は声を厳しくした。

「ご隠居の側には、太市《たいち》もいる。信心が過ぎた奴らにゃあ、理屈が通じねぇ。信心の敵と定めりゃあ、隠居だろうが子供だろうが、容赦《ようしゃ》もしねぇ」

太市は、二キの隠居の世話をしている十六歳《じゅうろく》の男子《おのこ》だ。目端《めはし》が利き頭の巡《めぐ》りも速く、この頃は隠居の役目の手伝いも達者にこなしている。

英徳が、掛井との言い合いを、静かに拾楽から引き取った。

「二キのご隠居が探り切れなかった素性が、吉原から漏《も》れた。『雪の玉水』を勝手に売ろうとした若い男は首を挿《す》げ替えられた。恐らく、とうに白金村は引き払っているでしょう。そもそも、雇《やと》った男にそう言っていただけで、本当に白金村が根城だったかも、怪しい」

「それでも、何か手がかりがあるかもしれねぇ」

「敵はご隠居の手腕を折り込み済みなんですよ。あるかどうかも分からない手がかりを探しているうちに、ご隠居や太市坊が狙われたら、どうします。遠い白金村から戻ってくるのも、時が掛かるでしょうねぇ」

ぐ、と掛井が詰まった。

世話が焼ける。

そんな風に笑って、英徳は言った。

「万左衛門と若い男の人相風体《にんそうふうてい》は花魁から聞いてきましたので、私が当たってみます。旦那は今一度、深川の様子を確かめられた方がいいでしょう」

掛井が、戸惑ったように英徳を見た。

「そこまで医者に、頼っちまって構わねぇか」

探ってるってことが知れたら、お前《め》ぇも危ねぇぞ、と。

英徳が、首を傾《かし》げた。

「だって、成田屋の旦那は深川。平八親分はここを離れられない。折り合いの悪い他の八丁堀《はっちょうぼり》の旦那方に頼むより、私の方が信が置けますし、お役に立ちますよ」

掛井が、ふにゃりと笑った。

「俺《おれ》の同業の前で、言うんじゃねぇぞ。あいつら、貶《けな》されたことに関しちゃ、執《しゅう》念深《ねんぶけ》ぇからな」

「心しておきます。御役目も、同じくらい執念深くこなして貰えれば、いいんですけどねぇ」

同心が執念深く役目をこなしたら、困るのは大盗人《あなた》じゃあ、ありませんか。

口には出さなかったはずなのに、英徳が、くるりと拾楽に向き直った。

「何ですか」

問われた拾楽は、涼しい顔で惚《とぼ》けて見せた。

「いいえ、何でも」

掛井が胡乱《うろん》な目《め》で拾楽と英徳を見た。

「仲がいいな、お前ぇら」

拾楽も、掛井と英徳へ視線を送り、

「そのまま、お返しします」

と言い返した。

英徳はにっこり笑って「私、人気者ですね」と嘯《うそぶ》いている。

ふいに、掛井が生真面目《きまじめ》な顔になり、英徳へ頭を下げた。

「恩に着る」

「貸しひとつ、ということで」

軽い調子の言葉に、掛井も不遜《ふそん》に笑ってから、ぼやいた。

「高くつきそうだぜ」

さて。あたしも出来ることを、しないと。

「あたしは、一度長屋へ戻ります」

「おう、佑斎は何だって」

掛井に訊かれ、拾楽は、

「い、い、い、

「はちの人となりを知りたいそうです。お延さんに訊きに行く訳にもいきません
し、貫八さんに話を聞いてこようかと」

とだけ、告げた。

英徳の視線が刺さったが、知らぬふりを通した。

掛井が、ひらひらと手を振って言う。

「口寄せだの、幽霊だのは、俺はからきしだ。猫屋に任せる」

「酷いなあ。英徳先生には『恩に着る』のに、あたしは『任せる』でおしまいですか」

「慣れてるだろ」

小さな間の後、三人揃って噴き出した。

肝心《かんじん》なことが見えていないような、何かを見落としているような、ぼんやりとした危惧を自ら宥《なだ》めるように、低く笑い合う。

「ああ、そうだ」

貫八の話が出たのをきっかけに、拾楽は頼まれていたことを思い出した。

「旦那、ちょいとお伺《うかが》いします」

「何だい、猫屋」

「去年の夏、ご隠居の御手《おて》を煩《わずら》わせた『六角堂《ろっかくどう》』の千之助《せんのすけ》さんのことなんですが」

掛井は、束の間考えた後、すぐに、ああ、と応じた。

「元黒門町《もとくろもんちょう》の蠟燭屋《ろうそくや》の倅《せがれ》か」

「今、どうしているか、ご存じですか」

「死んだ」

拾楽は、軽く目を瞠《みは》った。

「死罪の沙汰《さた》が出ましたか」

そんな読売《よみうり》は出ていなかったと思うが。

掛井は、「いや」と応じた。

「沙汰が下る前に、病でな。育ちが良かった分、牢屋敷《ろうやしき》は生きづらかったんだと思うぜ」

「店を畳《たた》んだ父親は、どうでしょう」

「一度お縄になったものの、放免になった。その後店を畳んだのは耳に入ってるだろう。そっから先の消息は聞かねぇ。千之助の祖父《じい》さんが京で暮らしてるってぇ話だから、身を寄せたのかもな」

「そうですか」

千之助が、死んだ。

そんなこともあるだろうと、拾楽は考えていた。

伝えれば、優しいおはまと人の好《い》い貫八は、ほっとするより後味の悪い思いをするのだろう。

「どうした、猫屋。何か気になることでもあるのか」

掛井に呼び掛けられて、はっとした。

拾楽は、笑みをつくり首を横へ振った。

「いえ。ちょいと、貫八さんが気にしてましてね」

掛井は、そうかい、と頷いた。

「おはまが怖《こえ》ぇ目に遭《あ》わされたとはいえ、死んだと聞きゃあ、あのお人よし兄妹《きょうだい》は気にするかも知れねぇな。島流しになったとでも、誤魔化《ごまか》しておいてやれ」

自分と同じようなことを案じた掛井に、拾楽はこっそりと笑った。


拾楽とサバが長屋へ戻って暫くして、貫八が商いから帰って来た。

さくらは相変わらず拗《す》ねていて、拾楽には甘えるが、サバを見ようともしない。

サバは、まるで溜息を吐《つ》いた人間のように項垂《うなだ》れ、

――仕方ない。

という風に、せんべい布団《ぶとん》の上へ移った。

初めは、さくらに嫌われ意気消沈したサバも見ものだと思っていたが、こうも仲《なか》違《たが》いが長引くと、だんだん気が気ではなくなってくる。

貫八を訪ねようとしているのを見透《みす》かしたのだろう、さくらが「行くな」とばかりに、拾楽の膝《ひざ》の上で、腹を見せ、だらんと伸びた。

わしわしと、白い腹を撫でまわしながら、語り掛ける。

「さくら、そろそろサバを許してやっちゃあどうだい」

——知らなぁい。

と体中で表すさくらを、拾楽は宥めた。

さくらとサバの仲違いの原因《わけ》が自分にあることは、拾楽も察しが付いている。

うちのお嬢さんは、案外心配性だ。

「そう言わずに、さ。お前達が仲良くしてくれてる方が、あたしも心強いいんだけどね」

ぴくりと、さくらの耳が震えた。

拾楽の言葉を、正しく聞き咎めた証だ。

こちらの言葉をすっかり解《かい》していることが、いいのか悪いのか。拾楽は込み入った気持ちになった。

普通の猫じゃなくなって、生きにくい思いをしなければ、いいのだけれど。

外では、貫八と、貫八よりもひと足先に戻っていた蓑吉《みのきち》が、賑やかな声で言い合っている。

野菜の振り売りをしている蓑吉とは、よく今年の大根はどうだの、この夏は鰯《いわし》がどうだのと、各々《おのおの》の売り物の話に花を咲かせている。そこに料理人の利助《りすけ》が加わると話の勢いは、更《さら》に増すのだ。

弾《はず》んだ話の勢いのまま、利助が働く居酒屋「とんぼ」にでも出かけられたら、貫八から話を聞くのが遅くなってしまう。

嫌《いや》がるさくらを抱き上げ、せんべい布団の上、サバの側へ下ろす。

どちらも、そそくさと逃げ出さないことにほっとして、拾楽はサバとさくらに言い置いた。

「よく話し合っておくれ。あたしは貫八さんと少し話があるから」

みゃお、みゃーう、みゃお。

ふいに、さくらが激しく鳴き始めた。昨日、サバを呼び止めた時と、同じような鳴き方だ。

「どうした、さくら」

拾楽がさくらに伸ばした手を、サバががぶり、とやった。

「あいた」

思わず、痛いと叫《さけ》んだが、いつものサバらしからぬ優しい手加減振りだ。

榛色の瞳が、拾楽を促す。

――ここはいいから、早く行け。

拾楽は苦笑《にがわら》いでサバに応じた。

「じゃあ頼んだよ、サバや。さくら、機嫌《きげん》を直しとくれ」

恨《うら》めしげに見つめる、さくらの金の視線を振り切り、拾楽は外へ出た。

外の二人は、拾楽の部屋からひとつ置いた隣《となり》、互いの部屋の前で賑やかに話し込んでいた。

「貫八さん、蓑吉さん」

呼ぶと、二対《つい》の視線が拾楽へ向く。

貫八が少しばつが悪そうなのは、今朝《けさ》がたのお延の家でのことがあるからだろう。

経緯《いきさつ》を知らない蓑吉が、朗らかに拾楽に話しかけた。

「これからの季節に旨くなる野菜や魚の話で盛り上がってねぇ。ちっと早いが、『とんぼ』へ繰り出そうかって話をしてたとこなんですよ。猫の先生も一緒にどうです」

やはり、か。

拾楽は、内心で呟き、詫びた。

「あたしは、これから野暮用《やぼよう》がありましてね。お二人でどうぞ。貫八さん、ちょいと話を聞きたいんですが、いいですか」

貫八が、首を竦めた。

拾楽は、「今朝のことを責めるつもりじゃない」という意味を込めてにっこり笑ったが、どうしたことか、貫八は、ひぇ、と小さく悲鳴を上げて更に縮《ちぢ》こまった。

蓑吉が、拾楽と貫八をおろおろと見比べ、ぎこちない愛想笑いで告げた。

「じ、じゃあ、おいらは先に『とんぼ』へ、行ってるよ」

「すみません、それほど時は掛からないと思いますので」

蓑吉が、更に慌《あわ》てる。

「こここ、こっちは気にせず、ごゆっくり。貫八《かんぱ》っつあん、後でな」

「お、おう」

逃げるように出て行った蓑吉を見送って、拾楽は残された貫八に訊いた。

「あたし、怖い顔をしてますかねぇ」

恨めし気に、貫八がぼやく。

「むちゃくちゃ、おっかねぇよ」

さくらが気がかりなのが、顔に出たか。あるいは、先刻の掛井や英徳との遣り取りが尾を引いているのか。

指先で、両の頬《ほお》をほぐしながら、拾楽は詫びた。

「そりゃ、すみません。怒ってはいないので、気にしないでください」

貫八が、首を傾げて訊ねる。

「今朝のことじゃあ、ねぇのかい。大将が来たってことは、先生も近くにいたんだよな」

「危うく、何やら余計なことをお延さんに言おうとしたことでしたら、後でサバに叱られてください」

うへぇ、と弱音《よわね》を吐《は》いた貫八に、切り出す。

「貫八さんは、お延さん夫婦が飼っていた犬を、ご存じですか」

すぐに、貫八は頷いた。

「ああ、はちかい。人懐っこ過ぎて、番犬にゃあ向かなかったが、賢《かしこ》い奴だったぜ。『はち』の名繋がりで、仲良くしようぜって言ったら、嬉しそうに尻尾振ってよ」

貫八の話では、夫婦が隠居する五年ほど前、「瓢簞亭」へふらりとやってきて、餌をやったらそのまま居ついたのだそうだ。初めから、芳三とお延によく懐いていた。

背丈は、大人の膝頭《ひざがしら》ほど、真っ白な毛並みに、くるりと丸まった尾が可愛らしい雌《めす》の犬で、少し垂れた円《つぶ》らな目が、八の字に見えるからと、芳三が名付けたが、雌にはちは可哀想《かわいそう》だと、お延と言い合いになったとか。

名付けに居合わせた貫八が、「おいらと揃いでいいじゃあ、ありやせんか」と取り持ったことで、はちに落ち着いた。

やたらに吠えないし、店先には出てこない。

夫婦喧嘩が始まると、決まって困り顔で間に割って入る姿が可愛らしく、二人で笑ってしまう。はちが来てから、夫婦の諍《いさか》いが減ったのだという。

「賑やか、と芳三さんは言ってましたけど」

貫八が笑った。

「そりゃあ、吠えるんじゃなくて、芳三さんやお延さんを見ると、喜んでじっとしてねぇってぇことさ。おいらにも、娘さん夫婦にも愛想は振りまいてたが、あの二人は格別って感じだったなあ」

なるほど、と拾楽は頷いてから訊ねた。

「はちが死んだ経緯を、伺っても」

楽しそうだった貫八の目が、哀し気に曇った。小さく首を横へ振る。

「分からねぇ。今年の春、桜が咲き始めるまでもうちっとって朝、庭で冷たくなってたんだと。病なのか、悪いもんでも食っちまったのか。桜が散り始めると、夢中で花びら追っかけてたっけなぁ」

しみじみと話していた貫八が、ふと気づいたように、拾楽に訊ねた。

「はちの奴が、どうかしたのかい」

はちが関わってると知れば、貫八はまた黙っていられなくなって、お延を訪ねるかもしれない。

拾楽は、念入りな笑みと共に惚《とぼ》けた。

「芳三さんから、可愛がっていた犬を喪《な》くしたと伺ったので。寂しさから危うい儲《もう》け話に手を出したということも、あるのではないかと」

「ああ、確かにそういうことも、あるかもしれねぇなあ」

「はちを喪くした時のご夫婦は、どんな様子でしたか」

少し考えて、貫八が答える。

「芳三さんは悲しそうだった。目ぇ真《ま》っ赤《か》に泣きはらしてよ」

その時のことを思い出したのか、ぐし、と鼻を啜《すす》ってから、貫八は続けた。

「お延さんは、哀しそうではあったけど、どっちかってぇと、怒ってたなあ」

「怒ってましたか」

「ああ。なんで、あんないい子が死ななきゃあいけねぇんだ、ってよ。そういやあ、お延さんの様子がおかしくなったのは、はちが死んで少し経《た》ったくれぇからだったような気がするぜ」

なるほど。どうやら、切っ掛けは「はちの死」らしい。

「はちの骸《むくろ》は、庭ですか」

貫八が、込み入った顔をした。

「お延さんはそのつもりだったんだけどなぁ。芳三さんが、どっからか『庭に埋めるのは良くねぇ』って聞いてきてよ。確か、商いに障《さわ》りがあるとかなんとか。それからはちをどこへ連れてっちまったのかは、おいらも知らねぇんだ」

それにも、お延は得心《とくしん》していなかったのだという。

どうやら、お延のはちへの執着を巧《うま》く使われたようだ。

貫八が、そわそわとし出した。

拾楽は、苦笑いで貫八に礼を言った。

「ありがとうございました」

貫八の瞳が、嬉し気に輝いた。

「もう、いいのかい」

「ええ。きっと、蓑吉さんが『とんぼ』で首を長くして待ってますよ」

「おう、じゃあ、行ってくらあ」

言い置いて、貫八はいそいそと出かけて行った。

さて。

拾楽は、思案した。

他人様《ひとさま》の家に忍び込むのは、暗くなってからに越したことはないが、佑斎への届け物は早い方がいいだろう。

いい、はちの周りは、どうにもきな臭い。

「どう思う。サバや」

話しかけながら部屋へ戻ると、サバとさくらは、畳んだせんべい布団の上で仲良く丸くなって眠っていた。

どうやら、仲直り出来たようだ。

拾楽は、二匹を起こさぬように、そっと部屋を出た。

お延の家を見張る土産物屋へ足を運ぶと、平八と手下の動きが俄《にわか》に慌《あわ》ただしくなっていた。

「何か、ありましたか」

拾楽の問いに、平八が低い早口で答えた。

「お延を訪ねてきた男がいやしてね。そいつが、英徳先生の言ってた奴と、年格好《としかっこう》がよく似てるんで」

「万左衛門ですか。それとも若い方」

「歳くった方でさ」

親玉のお出ましか。

平八が、告げた。

「忠助が追ってやす」

忠助は、一年ほど前に平八の手下になった男で、小柄《こがら》で寡黙《かもく》、賢くはないが勘《かん》が働くそうだ。誰かの後を尾行《つけ》るには、うってつけである。

拾楽が尋《たず》ねるより早く、平八はてきぱきと話を進めていく。

「お延も芳三も、変わった様子はごぜぇやせん。水を入れた樽《たる》に瓶《かめ》、貫八っつあんが見かけたってぇ、通い徳利《どっくり》なんぞを持ち込んだ様子も、ありやせん」

「今まで気配もなかったのに、何しに来たんでしょうねぇ」

拾楽の呟きに、平八が難しい顔をして黙《だま》りこくった。

多分敵は、お延が見張られていることを、読んでいる。

なーう。

ふいに、拾楽の足許《あしもと》でサバが鳴いた。

「おや、サバや。ついてきてくれたのかい」

拾楽をじっと見つめる榛色の瞳には、相変わらず青みの気配さえない。

「さくらの機嫌は、ちゃんと直ってるんだよね」

にゃうん。

――お前の面倒をちゃんと見ると、約束させられた。

そんな返事に、「それは心強いね」と応じて、拾楽は、意を決した。

「親分。忠助さんを呼び戻しましょう」

平八が、焦ったように言い返した。

「ですが先生。せっかくの親玉の尻尾ですぜ」

「どうにも、厭な虫の報《しら》せがします」

これは罠《わな》だ。

お延を見張っていることを見抜いて、仕掛けてきた。

二キの隠居の手腕が知れているのなら、掛井の見かけによらぬ周到さもまた、知れていよう。

ひとり誘い出したくらいで、ここががら空きになることは、ない。

つまり狙いは忠助、いや、誘い出した掛井の手下の誰か。

さっと、平八が顔色を変えた。拾楽の言わんとしている事を、察したようだ。

「けど、先生。呼び戻すにしても、どうやって」

拾楽は、足許を見下ろした。

「頼めるかい」

サバが、鼻に皺を寄せた。

——断る。

おっかない顔は、多分そんなとこだろう。

「お前にしか、頼めないんだよ」

うう。ううう。

サバが唸った。

ああ、まただ。また、サバの言うことが分からない。

じわりと、足許から上って来た訳の分からない焦燥《しょうそう》を、拾楽は大きく息を吐いて、追い払った。

「忠助さんに握り飯、貰ったろう」

サバと拾楽は、長い間《ま》、見つめ合った。

折れたのは、サバだ。

耳をへにょりと伏せ、項垂れるように勝手の床《ゆか》を見る。

――お前といい、さくらといい、強情《ごうじょう》張りやがって。

あ、よかった。今度は言っていることが、分かった。

拾楽はほっとしたが、平八が、狼狽《うろた》えた。

「ち、ちょっと待ってくだせぇ、先生。大将が忠助を呼び戻すなんて。いや、大将がただの猫じゃねぇのは分かってます。でも、忠助は先生じゃねぇ。大将の言うことなんざ、分かりゃしませんよ。今からでも、他の手下に探させて――」

「探せると、思いますか。相手は多分、他の追手《おって》を撒《ま》くつもりで動いてますよ」

万左衛門当人が姿を見せたのが、早過ぎる。

こちらがその名と人相を摑んだことを知り、誰かの指図《さしず》を受けてから動く早さではない。

自らの考えで動いているのだ。

十中八九、万左衛門が『雪の玉水』の元締めで間違いない。

奴の狙いが拾楽なのか、「鯖猫長屋」なのか。掛井なのか、二キの隠居なのか、英徳か。

あるいはすべてなのか。

それは、分からないけれど。

黙ってしまった平八に、拾楽は言った。

「忠助さんには、サバは握り飯を貰った恩がありますし、辛抱《しんぼう》強く促すでしょう。忠助さんも、握り飯を分け合った仲ですから、そこは勘を働かせて、サバの言うことを聞いてくれると、信じましょう」

にゃ。

サバが、短く鳴いた。

拾楽は平八に、

「話は付いたのか、と訊いてます」

と伝えた。

平八は、律義《りちぎ》にサバへ頭を下げた。

「大将。お手間をとらせやすが、どうか、忠助の奴をお願《ねげ》えしやす」

サバは鼻を平八に近づけ、すん、と匂いを嗅《か》いだ。

――任せろ。

これは、拾楽が橋渡しをしなくても、平八には伝わっているようだった。

サバは、ぎろりと拾楽をひと睨《にら》みすると、身を翻《ひるがえ》し、不忍池の方へ消えていった。

無茶をするなと、釘《くぎ》を刺されたような気がする。

でもねぇ、サバや。ここは無理をしないと、片が付かないじゃないか。

拾楽は、平八に軽い笑みを向けた。

「それじゃ、あたしもちょいと行ってきます」

平八が、「先生」と拾楽を呼ぶことで、どこへ行くのか、と問う。

拾楽は答えた。

「お延さんに会いに。お借りしたいものもありますし、上手く運べば、万左衛門の思惑《おもわく》でも探ってきましょう。旦那や英徳先生が戻ってくると煩《うるさ》いですから、今のうちに」

平八が、青くなって拾楽を止めた。

「先生、そりゃあいけねぇ。元締めが来た後で、お延がどう動くか分からねぇ。忠助よりもよっぽど危ねぇ」

「大丈夫。あちらさんにあたしの素性が知れてる上は、直に訪ねていくのも、逃げ隠れするのも、大して違いません」

「大違いでさ」

「親分。このままじゃ、こっちは後手に回ってばかりだ。その方が余程《よほど》危ない」

平八の実直な瞳が、揺れた。

やがて、諦《あきら》め顔で平八が拾楽を見た。

「分かりやした。くれぐれもお気をつけて」

拾楽は、行ってきますと言い置いて、お延の家へ向かった。

拾楽が庭から声を掛けると、芳三がすぐに出て来て、愛想よく中へ招いた。

「女房は、ちょいと出てましてねぇ」

確かに、屋内に芳三の他の気配はない。

勝手から、甘い匂いが漂《ただよ》ってくる。

拾楽が、促されるまま縁側に腰を下ろすと、芳三が寂し気に訊いた。

「おや、ミケだったか、あのにゃん公はいないんですかい」

「すみません、気まぐれの威張《いば》りん坊なもので」

「にゃん公の気が向いたら、連れてきてくだせぇ」

「分かりました」

そんな遣り取りをしていると、芳三が、「そうだ」と明るい声を上げた。

「急に、汁粉《しるこ》が食いたくなりましてねぇ。丁度出来上がったとこなんですよ。餅《もち》はねぇが、どうです、拾さんもご一緒に」

「ああ、甘い匂いがしているのは、汁粉でしたか」

応じながら、拾楽は考えた。

傾きかけた陽は、西の空を黄金《こがね》色に染めている。

まだ暑い季節、八つ刻《やどき》をとうに過ぎているのに汁粉か。

お延はどこへ行ったのだろう。万左衛門が訪ねてきたことと関わりがあるのだろうか。

拾楽が訊ねる前に、芳三がお延の留守を伝えたのは、何故《なぜ》だ。

拾楽は、屈託の欠片《かけら》もない芳三の笑顔を束の間見定め、笑みを整え応じた。

「是非、頂戴《ちょうだい》しましょう」

いそいそと芳三が勝手へ引っ込む。

いい、はちに纏《まつ》わる物、無理なら、はちが大層懐いていた夫婦の持ち物でもいい。持ち出せそうな何かが、ないか。

拾楽は、視線で家の中を探りながら、芳三に訊いた。

「『瓢箪亭』を流行らせた芳三さんが作ったとなれば、やはり京風ですか」

芳三が勝手から答えるまで、少し間があった。

「なんでだか、汁粉は江戸の濃い味が気に入っちまってねぇ。お延の奴が好きなんですよ。濃い味の汁粉」

話しながら戻って来た芳三は、左手には汁粉がたっぷり入った片手鍋《かたてなべ》、右手には椀《わん》と箸《はし》が二組載《の》った盆を持ち、上機嫌だ。

縁側に鍋をどん、と置くと、甘い湯気《ゆげ》がぶわりと舞った。

手際《てぎわ》よく、椀に汁粉をよそい、拾楽の前に置く。

「さあ、冷めねぇうちに」

目の前の椀と箸を、拾楽はゆっくりと手に取った。

小豆《あずき》の香りを隠すほどの、むせ返るような黒砂糖の香り。

餅のない、餡《あん》だけの汁粉は、小豆の粒を濾《こ》さずに残した潰《つぶ》し餡仕立てだ。

ちらり見ると、芳三は、いそいそと自分の椀を並々と汁粉で満たし、そっと息を吹きかける。

椀や鍋から立ち上る湯気の量から察するに、まだ冷め切っていない汁粉を、ぐい、と景気よく飲んだ。

「芳三さん、火傷《やけど》――」

「ああ、うめぇ」

慌てて止めた拾楽を遮《さえぎ》るように、芳三は幸せそうに呟いた。

そうして、再び拾楽に勧める。

「冷めちまいやすよ」

いい笑顔だ。

拾楽は、小さく頷き、汁粉を一口含んでぎょっとした。

一体、どれだけ砂糖を入れたのか。

今まで食べたことのない甘さだ。何しろ小豆の味が分からない。

白砂糖より安価な黒砂糖とはいえ、これだけ使うのは覚悟がいるだろうに。

「旨いでしょう」

屈託なく訊かれ、どうにか頷く。

「ええ、こいつはすごい」

「まだ、たんとありやすよ」

言いながら、芳三は椀の中の汁粉を、一気に飲み干した。

水でも飲んでいるようだ。

「どれ、もう一杯。おや、どうしました。口に合いやせんか」

拾楽は、腹を決めて、汁粉を食べ進めた。

芳三が、安心した顔で再び椀を汁粉で満たした。

芳三は二杯めを、拾楽は最初《はじめ》の一杯を、ゆっくり進めながら、はちの思い出話や「瓢箪亭」の味の拘《こだわ》り、京のあれこれなど、とりとめのない話をした。

甘すぎる汁粉を、拾楽がどうにか一杯平らげてから四半刻《しはんとき》ほど。黄金色を放っていた西の空は、たなびく雲を茜色《あかねいろ》に染め始めている。

お延が戻って来る気配は、ない。

拾楽の胸の裡《うち》を見透かしたように、芳三が切り出した。

「なんで、訪ねてきた訳を訊かないんだろう。お前さん、そう考えてるでしょう」

「芳三、さん」

ちり、と左手の指先に痺《しび》れが走った。

芳三が、にこりと笑った。

「そりゃあ、訊かなくても、知ってるからさ。悪《わり》ぃが、お延は戻ってこねぇよ」

じわり、と痺れが指先から、掌《てのひら》へ広がっていく。

拾楽は、家の陰になって見えない筈《はず》の、白く大きな花へ視線をやった。

なぜ、あの時思い出さなかったのか。

曼陀羅華《まんだらげ》。

牛蒡《ごぼう》のような根が、強い痺れ薬になる。

昔、拾楽が拾楽を名乗るより前のことだ。塒の近くにあった寺の坊主《ぼうず》共が、裏山に生えていた曼陀羅華の根を牛蒡と間違えてけんちん汁に入れ、揃って動けなくなった。

この家の庭と同じ、朝顔を細長くした白い花が、あの裏山にも咲き乱れていた。

坊主共は、全《まつた》く動けなくなるまで一刻ほどだったはずだ。

まだ間はある。

芳三が、がくり、とその場に蹲《うずくま》った。手から零《こぼ》れた椀が、ころころと転がり、縁側に小豆色の染《し》みを作った。

へへ、と芳三が笑った。左の口の端が、歪《ゆが》んで震えた。

「拾さんも、効《き》いてきたんじゃあねぇのかい」

拾楽は、芳三を見返して応じた。

「さあ、どうでしょうか」

まだ、舌はしっかり回っているようだ。

「落ち着いて、やがるな」

芳三が、のろのろと吐き捨てた。

「ええ。お前さんが汁粉を一気に飲み干したので、一杯まではいけると思いました。ちょいと、頂戴したいものがありましてね。あの時はまだことを構える訳にはいかなかった」

「知ってたの、か。おいらが食えば、安心して、口にするかと思った、のに」

「待っていたかのように、季節外《はず》れの汁粉を振る舞われたら、誰だって妙に思うでしょう。しかも、何かの味を隠すように砂糖がたんまり入れられた、甘ったるい汁粉だ。厭でも気づきます。何を入れられたのか気づいたのは、不覚にも今しがたですが」

くく、と芳三が喉で笑った。

「あのひとの言う通りだ。侮っちゃあいけなかったなあ」

「あのひととは、『雪の玉水』の元締め、万左衛門さんですか」

「子供《がき》の頃、京で世話になったおひとでねぇ。はちを庭に埋めちゃあいけねぇって教えてくれたのも、あのひとだった。けど」

芳三が顔を歪めた。

多分、痺れ薬のせいではないだろう。

芳三は、呂律《ろれつ》が回らなくなってきた舌で、まくし立てた。

「女房と引き合わせたのが、間違《まちげ》ぇだった。はちを引き合いに出され、あのひとの話と怪しげな水に、あっという間にのめり込んじまった。あいつがおかしくなったのは、おいらのせいだ。だから、お前《め》ぇさんを捕える役目を引き受け、あいつを逃がしたってぇ訳さ」

芳三が、笑みを零した。顔は痺れで歪んでいたけれど、清々《せいせい》した笑いだった。

「お前ぇさんがこちとらの目論見《もくろみ》をお見通しだろうが、何だろうが、もうお延は逃げおおせた頃だろう。おいらがこんなだから、お前ぇさんだって痺れで動けなくなるまで、もう少しだ。そうなったら、あのひとに連れ出されて、『白粉売りの男』

殺しの下手人《げしゅにん》にされる、ってぇ寸法《すんぽう》だ」

なるほど。目当ては、あたしでしたか。

だから、万左衛門は敢えて姿を現した。

忠助は、サバを拾楽から引き離すための囮《おとり》だ。

サバの力も、忠助を質にとられた拾楽が、サバに何をどう頼むかも、すっかり読まれていた。

拾楽は、肩を竦めた。

「残念ながら、あたしはまだ動けますよ。聞きたいことは聞けましたし、捕《つか》まる前にお暇《いとま》しましょうか」

「ま、待て」

芳三が、ふらふらと身体を起こした。

これを待っていた。

拾楽は、音もなく動いて、芳三の鳩尾《みぞおち》に拳《こぶし》を叩《たた》き込んだ。

がっしりした身体が、拾楽の方へ倒れ込む。

「堪忍《かんにん》してくださいい。のんびり話していると、あたしまで動けなくなりそうなので」

気を失った芳三を縁側へ横たえ、拾楽は庭に降りた。

既《すで》に足先に、痺れが回ってきている。少しふらついた身体を、どうにか立て直し、家の陰へ向かった。

曼陀羅華の白い花。

真っ白い犬だった、はち。

お延は、はちが『雪の玉水』の役に立ってくれた、と言っていた。

根を掘り返された曼陀羅華の少し離れた脇《わき》、そこだけ妙に柔《やわ》らかな土を掘り返すと、白く小さな瀬戸の壺《つぼ》が出てきた。

みつけた。

足が、もつれる。

目が霞《かす》む。

追手から逃《のが》れるために走る度《たび》、曼陀羅華の毒が身体に回るらしく、痺れが増した。

探せ。

『雪の玉水』をつくる「犬神様《いぬがみさま》」を奪った奴を、捕まえろ。

「犬神様」を取り戻せ。


遠くに聞こえていた声が、近づく。

拾楽は、天水桶《てんすいおけ》の陰に、殆ど利かなくなった身体を滑《すべ》り込ませた。

もう動けない。

ここがどこかも、分からない。

落ちてきた瞼《まぶた》の隙間《すきま》から、どうしてか、さくらとおはまが拾楽に向かって、駆けてくるのが見えた。

「先生、先生っ。しっかり」

さくらが、しきりに鳴いている。

拾楽は、酷《ひど》く苦労をして、声を絞り出した。

「お、はま、ちゃん。えい、とく先生。まんだ、ら、げ――」

深い闇《やみ》が、拾楽を呑み込んだ。

其の三　犬神様《いぬがみさま》

「猫の先生」を案じる町娘

日が暮れても、先生と大将が長屋に戻ってこない。

大将は気まぐれで、先生と二人暮らしの時は、ふらりと出かけて幾日か戻らないこともあった。でも、さくらが来てからは、夜は必ず長屋で過ごしている。

そう、先生から聞いている。

ましてや先生は、夜に長屋を空《あ》けることなんか滅多《めった》になくて、そんな時は、必ずおてるさんやあたしに、声をかけてくれていた。

それだけじゃない。

さくらが、しきりに鳴き続けている。

あたしが奉公《ほうこう》先から戻って来てから、ずっとだ。

何かあった。

そう思った途端《とたん》、さあ、と血の気《け》が引いた。

まだ夏の暑さが残っているのに、手が冬の水を使った時みたいに、冷たい。

二人を心配してるのは、あたしだけじゃない。おてるさんは貫八《かんぱち》兄さんを締め上げ――厳しく問い詰めているし、蓑吉《みのきち》さんは、差配《さはい》さんと家主《やぬし》のお智《とも》さんに知らせに行ってくれている。

涼太《りょうた》さんは、掛井《かけい》の旦那《だんな》と英徳《えいとく》先生のところを、豊山《ほうざん》さんは他の心当たりを、与六《よろく》さんは近くを探すと、長屋を出て行った。

おみつさんは、長屋の物々しい気配《けはい》に怯《おび》えて泣く息子の市松《いちま》っちゃんを宥《なだ》めるので精いっぱい、あたしはおてるさんに言われて、さくらを預かっている。

このところ、兄さんがあたしに隠れて、何かしていることは気づいてた。

明るいうちから、「とんぼ」へ呑気《のんき》に繰り出していった兄さんと蓑吉さんを、おてるさんが迎えに行ってくれた。

戻って来た兄さんは顔色が悪く、おてるさんに叱《しか》られて、しょげているというだけではなさそうだった。

利助《りすけ》さんとおきねさんも、長屋へ戻ると言ったのを、おてるさんが止めたらしい。

もしかしたら「とんぼ」に顔を出すかもしれないし、まだ何かあったと決まった訳《わけ》ではないから、と。

兄さんは、長屋の皆で先生と大将を心配していると知ると、真《ま》っ青《さお》な顔になり、狼狽《うろた》え始めた。

いつもの呑気な兄さんなら、皆が心配している中で、「夢中で写生でもしてるか、遠出をして旨《うま》い豆腐《とうふ》でも買いに行ってるんだろう」なんて言って、ひとりで笑っていそうなのに。

間違いない。

兄さんが、何かの厄介事《やっかいごと》に先生と大将を巻き込んだんだ。

そう思い当たった時、じわじわと怒りが込み上げてきた。

ようやく落ち着いて大人《おとな》しくなったさくらを抱いて、おてるさんの部屋へ向かう。

おてるさんが、驚いたようにあたしを見て、兄さんは気まずそうに、目を逸《そ》らした。

おてるさんに断りを入れてから、兄さんと膝《ひざ》を突き合わせる。

「兄さんこっちを見て」

「何でぇ。おはままで、おっかねぇなあ」

ぎこちない兄さんの軽口《かるくち》を聞き流し、直截《ちょくさい》に訊《き》く。

「先生に何を頼んだのか、教えて頂戴《ちょうだい》」

口ごもってばかりの兄さんの代わりに、おてるさんが「瓢箪亭《ひょうたんてい》」のご隠居《いんきょ》さん夫婦のことを話してくれた。

「兄さん」

呼んだ声が、怒りで震《ふる》えた。

「先生に危《あぶ》ないことを頼んでおいて、自分は『とんぼ』で呑気に、何をやってたの」

情けない声で、兄さんが言い訳をする。

「だってよお、おはま。いつも先生は、どんな騒動だって、ちゃちゃっと片付けてくれるじゃねぇか」

「だからって、呑気に呑《の》んでいていいわけないでしょうっ」

わなわなと震える自分の拳《こぶし》を、両手できつく握ることで、止めようとした。

「おはまぁ」

分かってる。兄さんだって、先生と大将のことを心配してるって。軽い気持ちで助けを求めたことを悔《く》いているって。

それでも、止まらなかった。

自分でも驚くような平坦《へいたん》な声で、言葉が滑《すべ》り出た。

「兄さんの恩人が危ない真似《まね》をするのは心配で、先生なら危なくても構《かま》わないっていうの」

兄さんが、ぎょっとした顔をした。

今になってようやく、先生を危ない目に遭《あ》わせてると、気づいたみたいだ。

「お、おいら、そんなつもりじゃあ」

そうして、自分の言葉で、あたしも気づかされた。

何かあっても、先生は大丈夫なのだと、あたしも思い込んでいた。

でも先生は今、危ない目に遭っているかもしれない。

そんな先生を、大将は助けようと必死になっているかもしれない。

兄さんへの怒りはあっという間に消え飛んで、恐れが残った。

先生に、大将に、何かあったら、どうしよう。

それまで大人しかったさくらが、急に身体《からだ》を捻《ひね》って、あたしの腕から逃げ出した。

そのままの勢いで、駆け出す。

夢中でさくらを、追いかけた。

外は、もうすっかり暗くなっていた。

慌《あわ》てて止めるおてるさんと兄さんの声を、背中で聞いた。
それでも、さくらを追った。
さくらは、先生と大将の居場所を、知っているかもしれない。
じっとしていられない。
先生と大将が、「鯖猫長屋《さばねこ》」から消えた。
それが、こんなに怖《こわ》いことだなんて。

＊＊＊

纏《まと》わりつく水のような闇《やみ》から引き上げられるように、拾楽《しゅうらく》は目を覚《さ》ました。
瞼《まぶた》が、重い。
痺《しび》れは相変わらず拾楽の全身を捕《とら》えていて、手足はおろか、口も回らない。
なぜ、目覚めたのだろう。
その理由《わけ》は、すぐに分かった。
「先生、先生、お願い、起きて」

拾楽の頰《ほお》を、触れるような優《やさ》しさで叩《たた》く、柔《やわ》らかな手。耳の近くで囁《ささや》くのは、聞き慣れてはいたけれど、今まで聞いたことがないほど、焦《あせ》りと怯えに縁《ふち》どられた声。

清々《すがすが》しい香りは、匂《にお》い袋だろうか。それとも髪の油。

ああ、おはまちゃんが呼んでいるから、目が覚めたんだ。

得心《とくしん》がいって安心したせいか、取り戻しかけた正気《しょうき》が、闇の中へ沈んでいく。

投げ出した手に、痛みが走った。さくらの本気具合に比べ、随分《ずいぶん》と鈍《にぶ》い。

視線を投げると、金の瞳《ひとみ》の縞三毛《しまみけ》が、拾楽の手に嚙《か》みついていた。

さくら、酷《ひど》いなあ。サバかと思ったじゃないか。

——ぼけっとしてる暇《ひま》なんか、ないわよ。しゃっきりしなさい。

そう言っている瞳は、酷く哀《かな》しそうで、猫は泣かないけれど、泣きそうだと思った。

少し、いや、かなり乱暴だけれど、さくらのお蔭《かげ》で目が覚めた。

苦労して頭を巡《めぐ》らせると、正気を手放した時にいたはずの、天水桶《てんすいおけ》の陰ではなかった。

今、背中を預けているのは太い欅《けやき》の幹《みき》で、常夜灯《じょうやとう》がぽつぽつと薄暗く灯《とも》る町中《まちなか》よりも、辺《あた》りは一段闇が濃い。

「ここ、は」

笑ってしまうくらい、呂律《ろれつ》が回らない。

それでもおはまは、ほっとしたように少し笑った。

「よかった、先生。気が付いた」

呟《つぶや》いてから、低い早口で教えてくれた。

「先生を見つけたとこのすぐ側《そば》。湯島《ゆしま》の天神様《てんじんさま》の境内《けいだい》です」

「おはまちゃん、が、つれて――」

きてくれたのか、と訊く前に、おはまが首を横へ振った。

「先生、自分で歩いてくれたのよ」

言われてみれば、おはまの肩を借りて、追手《おって》から逃げた覚えがある。

そこでようやく、拾楽はすっかり思い出した。

お延《のぶ》の家で一服盛られた後、芳三《よしぞう》を昏倒《こんとう》させ、はちを見つけ出した。

庭の曼陀羅華《まんだらげ》の近くから出てきた瀬戸の壺《つぼ》に入っていたのは、灰交じりの犬の骨だ。

その量から推《お》すに、はちの骨全《すべ》てではないだろう。

幾度も掘り返し、はちの骨を持ち出したのは、お延か、それとも『雪の玉水《たまみず》』の連中か。

ともかく、一刻《いっこく》も早くここから離れなければ。

そうは思ったものの、痺れが回り始めた身体では思うようにならず、素人《しろうと》――恐らく、芳三が言っていた「拾楽を『白粉《おしろい》売りの男』殺しの下手人《げしゅにん》に仕立てる」ために連れ出しに来た奴《やつ》らだろう――に、あちこち追い回される羽目《はめ》になった。

奴らは、「犬神様《いぬがみさま》」がどうのと喚《わめ》いていたから、『雪の玉水』詐欺《さぎ》、というよりは、信心《しんじん》の源となる「犬神様」を取り戻すまで、決して諦《あきら》めない。

一方で、拾楽はいよいよ動けなくなって、辛《かろ》うじて天水桶の陰に隠れた。

おはまとさくらが来てくれたところで、正気がふつりと切れた。

いけない。

拾楽は、おはまを急《せ》かした。

「おはまちゃ、逃げ――」

拾楽の言葉へ被《かぶ》せるように、おはまが言った。

「先生、逃げましょう」

あたしは、まだ動けない。おはまちゃんだけ、さくらと逃げてくれ。

滑《なめ》らかに紡《つむ》げない口が腹立たしい。

苛立《いらだ》っている間に、おはまが切羽詰《せっぱつ》まった顔で囁いた。

「あの人達、天神様の中へ入って来たみたい。声がしてます」

確かに、つい先ほどまで閑《しず》かだった境内を、殺気立った気配が騒がせている。

曼陀羅華で頭も身体も役立たずになっているとはいえ、おはまに言われてから気づくとは、我ながら情けない。

「だから先生、動けるなら、今の内に」

だめだ、もう遅い。

ふう、とさくらが唸《うな》り声を上げ、拾楽とおはまを護《まも》るように、前へ出た。

金の目が、暗闇の一点を見据《みす》える。

「見ぃつけた」

若い男の声が、すぐ近くで聞こえた。

下生《したば》えの草を踏みしだいて、木々の間から男が現れた。

おはまが、拾楽の側で身を硬《かた》くした。

若い男が、声を張り上げた。

「おおい、ここにおったぞぉ」

ぞろぞろと、闇の中から男達が出てきた。若い奴から四十《しじゅう》くらいまで、都合五人。

手に、心張棒《しんばりぼう》を持っている奴もいる。

物騒《ぶっそう》な気配を放《はな》っていながら、暗闇の中光る眼は熱っぽく、不気味《ぶきみ》な笑《え》みを顔に貼り付けている。

男達は、楽し気《げ》な調子で、口々に言った。

「『犬神様』を攫《さら》うなんて、なんて罰《ばち》当たりな」

「返して貰《もら》おうか」

「お迎えに参りましたぞ、『犬神様』」

「大人しく『犬神様』を返したら、乱暴はしない。『雪の玉水』を飲ませてやってもいい。綺麗になるぞ。外も内も」

心張棒構えて言うことじゃあないねぇ。

痺れる頭で毒づいてから、拾楽は、腹と口に、今できる限りの力を入れた。

間違っても、おはまに矛先《ほこさき》がいってはならない。こいつらの悪意は、全てこちらに引き付ける。

「只《ただ》の犬っころを崇《あが》めてる馬鹿な奴らが有難《ありがた》がる水なんて、ぞっとしないねぇ。そんなもん飲んだら、腹を下しそうですよ」

いつもの十の倍、気を入れたお蔭で、なんとかまともに憎まれ口を叩けた。

ほっとしたのは拾楽だけで、男達から、むき出しの怒りが立ち上る。

おはまが、拾楽の袖《そで》をきゅっと摑《つか》んだ。

おはまにだけ聞こえるように、拾楽は囁いた。

「逃げ、ろ」

無理をした分、前にも増して痺れが戻って来た。

おはまが動いた。

そうだ、頼むからこのまま逃げてくれ。できれば、さくらも連れて。

心からそう願う。

けれどおはまは、拾楽の傍《かたわ》らから、迷いなく前に出た。

綺麗《きれい》な仕草《しぐさ》で、両手を真《ま》っ直《す》ぐ横へ広げる。

背に拾楽を庇《かば》い、凜《りん》と背筋《せすじ》を伸ばして。

けれど、伸ばした指の先は、ほんの僅《わず》か、拾楽だけがそれと分かるほど、小刻《こきざ》みに震えている。

「おはま、ちゃん。退《の》くんだ」

どうにか利《き》くのは、口だけ。手も、足も、動かない。

拾楽は、心の底から自分を呪《のろ》った。

そして心の底から、おはまの後ろ姿を、綺麗だと思った。

おはまは、少し硬い、静かな声で、男達に告げた。

「このひとに、指一本触れないでください」

男達が、一斉《いっせい》にたじろいだ。

優し気な町娘の勇ましい姿に、戸惑《とまど》っているようだ。

おはまは続けた。

「あなた達の神様は、弱って動けない人に乱暴を働けと言う、酷い神様なんですか」

「だめだ、おはまちゃん」

こいつらの凝《こ》り固まった信心を逆《さか》なでしたら、何をされるか分からない。

だが、拾楽の危惧《きぐ》に反して、男達はおはまを宥めに掛かった。

「可哀想《かわいそう》に。『犬神様』のことを、何も分かっていないんだな」

「娘さんを、綺麗にしてあげなきゃ」

じり、と男達が揃《そろ》って近づいた時だった。

おはまの更《さら》に前で踏ん張っていたさくらが、何かに気づいた様子で、ふいに向きを変えた。

ぴんと立った耳が、二度、小さく動いた。

た、と拾楽とおはまの背後へ、駆け出す。

呼び合うように、さくらが向かった方角から、人ではない気配が、風のように近づいてきた。

「さあ、娘さん。こっちへ――」

おはまを促《うなが》した男の薄気味《うすきみ》悪い声が、途中で途切れた。

拾楽は、這《は》うようにして、背にしていた木の後ろを見た。

月のない夜。

わずかな星明かりが、白と銀鼠《ぎんねず》の美しい毛皮の上で、淡く跳《は》ねた。

ほの白く光る大きな犬が、音もなく近づいて来る。

「天《てん》」

拾楽は、顔見知りの犬を呼んだ。

天は、ちらりと拾楽を見て、首をほんの少し、困った様《よう》に傾《かし》げた。

それまで、神々《こうごう》しい程だった姿が、一気に可愛《かわい》らしくなった。

だが、可愛いと思ったのは、拾楽のみだったらしい。

怯えたように、男達が後ずさった。

「『犬神様』だ」

ひとりが、呟いた。

ずい、と天が、歩を進めた。

天の後ろの足許《あしもと》、豊かな尾に隠れるように、サバとさくらが並んでいる。

拾楽を見て、きらりと光った榛色《はしばみいろ》の目が、妙に物騒だ。

気のせいではない。

サバが、静かに、深く怒っている。

サバに気づいた他の男が、震える声を上げた。

「見ろ。『予見の猫』を、従えてるぞ」

「予見の猫」というのがサバのことなら、「犬神様」――天を従えているのは、サバの方だ。

サバが、にゃう、と天に向かって小さく鳴いた。

応じるように、天がぐるる、と唸った。

「お怒りだ」

震える声で、別の男が呟いた。
サバが、急かすように天を見上げた。
天が歯を剝《む》いた。
「お怒りだ」
「怒っておいでだ」
男達は、正体《しょうたい》もなく怯え、狼狽え始めた。
ふいに、天が高らかに、長く尾を引く声を上げた。
狼《おおかみ》の遠吠《とおぼ》えだ。
呼応するように、あちらこちらから、同じような声が上がる。
うねるように、波が寄せては引くように、犬達の遠吠えが響《ひび》いた。
男達は、じり、と後ずさった。
天が、前へ出た。
ひぃ。
一人の男が上げた、細い悲鳴を切っ掛けに、五人が一斉に、転《ころ》がるように逃げ出した。
信心の源が怒ったんなら、普通は許しを請《こ》うんじゃあないのかね。逃げ出すってのは、どういう了見《りょうけん》だ。

ほっとはしたが、どうにも解《げ》せない。

お前さん達の信心、そんなんで大丈夫かい、と心中で問うてみる。

閑《しず》けさが天神様の境内に戻って少し。へな、とおはまが、その場に崩《くず》れ落ちた。

サバとさくらが揃っておはまに寄り添う。天は、少し離れたところから、黄金《こがね》色の目で、こちらを見ていた。

「おはまちゃん」

ようやく、口の痺れが引いてきたようだ。

振り返ったおはまは、泣き笑いの顔で、拾楽を見た。

「先生が、無事でよかった」

「おはまちゃんが無茶《むちゃ》をするものだから、肝《きも》が冷えました」

「怖かった」

「ええ」

「本当に、怖かったんだから」

こんな時に限って、動かない手がもどかしい。

それでも、おはまを慰《なぐさ》めようと、どうにか手をおはまへ伸ばしかけた時だ。

「ふう、やっと、追いついた。大将、危《あや》うく見失うとこでしたよ」

呑気な声が聞こえるまで、まったく気配が分からなかった。そんな相手は、ひとりしかいない。

サバが、間延びした声で、にゃーお、と鳴いた。

――幾度も、追いつくのを待ってやっただろうが。

不遜《ふそん》な顔つきは、そんなところだろう。

少し腰をかがめ、膝がしらに手を突いて息を整えながら、英徳は爽《さわ》やかに笑った。

「やあ、拾《しゅう》さん。ぼろぼろですねぇ。でもまあ、おはまさんと揃って、無事で何より」

神田川《かんだかわ》の畔《ほとり》、和泉橋《いずみばし》から北へ少し入ったところに、武家の小屋敷《こやしき》が建ち並ぶ一角がある。そのうちのひとつ、小ぢんまりしているが瀟洒《しょうしゃ》な屋敷に、英徳は拾楽とおはまを連れてきた。

鶴次《つるじ》という下働きの若い男がひとり、留守《るす》を守っているが、身のこなしから目の配り方、何よりこの夜更《よふ》けに、医者が、若い娘と身体が動かない男、大きな犬と猫二匹をいきなり連れ込んでも、びくともしない落ち着き振り。

ただの下働きではなさそうだ。

拾楽は、寝ていろという、英徳とおはまの気遣《きづか》いを断り、通された部屋の壁《かべ》に、身体を持たせかけて腰を下ろした。

広縁《ひろえん》の向こうには、一見地味《じみ》だが、かなり手間と金を掛けただろう枯山水《かれさんすい》の庭が望める。

天は、広縁のすぐ先、庭の砂利《じやり》を乱さないところに、大人しく蹲《うずくま》っている。

サバは天の近くの広縁に、さくらは拾楽の膝の上だ。

拾楽に肩を貸して部屋へ入り、すぐに席を外《はず》した英徳が、薬湯《やくとう》を持って戻って来た。

「おはまさんから聞きました。曼陀羅華を飲まされたそうですね。毒気《どくけ》を外に出す薬を煎《せん》じました。白湯《さゆ》もたっぷりとること。厠《かわや》へ行きたくなったら声を掛けて下さい。まだ足はおぼつかないでしょう」

てきぱきと指図《さしず》をしながら英徳が、湯呑《ゆのみ》をおはまへ差し出した。

受け取ったおはまが、拾楽の顔を覗《のぞ》き込んで訊く。

「飲めそうですか」

「指先の痺れも少し抜けてきましたから、大丈夫です」

おはまがほっとしたように頷《うなず》き、湯呑を拾楽の手に持たせてくれた。

先刻の頰に感じたものと同じ柔らかな手が、拾楽の筋張《すじば》った手を湯呑ごと包んだ。

拾楽は、どきりとしたのに、おはまは平気な顔で念を押してくる。

「気を付けて」

落ち着き払った手つきと顔つきは、医者がもうひとりいるようで、艶《つや》めいた気配の欠片《かけら》もない。

おはまの想《おも》いに散々《さんざん》見ぬふりをしてきた拾楽が悪いとはいえ、おはまの思い込み――猫の先生があたしを好いてくれるはずがない。このまま店子《たなこ》仲間でいられれば、それで幸せ――は、つくづく手ごわい。

項垂《うなだ》れた拾楽の肩を、英徳が、ぽん、と叩いた。

慰めているつもりなのか、面白《おもしろ》がっているのか。

英徳が、医者の顔でおはまを見た。

「疲れたでしょう。奥で少し眠った方がいい。『鯖猫長屋』へは使いを頼みましたし、追手はこの屋敷に入れませんから、心配しなくて大丈夫。枕元に薬湯を支度《したく》しておきましたので、飲む様に」

おはまが、ちらりと拾楽を見た。

「あたしは、もう大丈夫。休んでください」

拾楽が告げれば、おはまは安堵《あんど》したように笑い、「それじゃ、少しだけ。英徳先生、薬湯をありがとうございます」と言い置いて、立ち上がった。

その後ろ姿に、拾楽は声を掛けた。

「おはまちゃん。危ないのを承知で助けに来てくれて、ありがとう」

振り向いたおはまの驚き顔が、すぐに満面の笑みにとって代わる。

「おやすみなさい、猫の先生、英徳先生」

弾《はず》んだ声で告げ、おはまは部屋を出ていった。

英徳が、にやけた声で言った。

「よかったですねぇ。拾さん」

「何がです」

むっつりと訊き返して、ゆっくりと湯呑を口へ持って行く。

「拾さんの手を包むように、湯呑を手渡したおはまさん。平気な顔をしてましたけど、耳朶《みみたぶ》が赤くなってましたよ」

口に含んだ薬湯が、驚いた拍子《ひょうし》に、妙なところに入った。

派手《はで》に咽《むせ》る拾楽の背中をさすりながら、英徳が窘《たしな》める。

「まだ、痺れが取れてないんですから、気を付けて飲まないと」

そうだったのか。

変わらず想ってくれていることが、なんとなく気恥ずかしくて、嬉《うれ》しい。

呆《あき》れたように、英徳が言った。

「三十半《なか》ばを過ぎた中年男が、なんて初心《うぶ》な顔をしてるんですか。十三、四の色恋じゃああるまいし、薄気味悪い」

「放っておいてください」

軽い調子の物言《ものい》いが一転、英徳が低く拾楽を呼んだ。

「拾さん」

「何です」

「お前さん、私と成田屋《なりたや》の旦那のいない隙《すき》に、抜け駆けをしたでしょう。そのせいで、痛い目に遭った。油断し過ぎ、ひとりで抱《かか》え過ぎですよ。捌《さば》き切れずにおはまさんを巻き込んだら、元も子もないでしょうに」

返す言葉が、なかった。

今までの流れで、敵の狙《ねら》いに拾楽自身も含まれていることは、分かっていた。

芳三が汁粉《しるこ》で一服盛るつもりなことも、前もって察しが付いた。

それでも、自分は大丈夫だと、どこかで考えていた。

自《みず》ら毒を呷《あお》ってまで、拾楽を陥《おとしい》れようとした心意気に乗ってやろうと、思った。

素人の芳三が動けなくなってからも、自分は動けると。

お延夫婦の家を探れる、千載一遇《せんざいいちぐう》の好機を逃《のが》す訳にはいかなかった。

サバに忠助《ちゅうすけ》を追って貰ったことを、間違っていたとは、今も思わない。

サバのことだ、忠助を巧《うま》く、万左衛門《まんざえもん》から引き離してくれただろう。

それでも、あの場にサバがいれば、きっと汁粉を食べることは、強く止められたはずだ。

思えば、おてるも随分と、心配してくれていた。

さくらも、サバと仲違《なかたが》いをしてまで、拾楽を案じてくれていた。

それを面映《おもは》ゆく感じつつ、鬱陶《うっとう》しいと聞き流したのは、拾楽自身だ。

なんで、こんなに調子に乗っちまったんだろうねぇ。

そもそも、堅気《かたぎ》の人々を「素人」と断じるのが、とんだ思い上がりだったのだ。

盗人稼業《ぬすっとかぎょう》からとうに足を洗い、呑気な暮らしを楽しんでいた自分も、すでに「素人」なのに。

今なら、何故《なぜ》サバの言葉が分からないことがあったのか、手に取るように分かる。

呆れるぐらい近視《ちかめ》で、自らを過信していた。おてるやさくらの心配も脇《わき》へ流した。

おてるやさくらよりもっと分かりづらい、サバの心配が、読み取れるはずがなかったのだ。

「全《まった》くです。我ながら図に乗るにもほどがある」

英徳の言葉を認める呟きが、拾楽の口からするりと零《こぼ》れ落ちた。

まじまじと、英徳が拾楽を見つめる。

「随分、殊勝《しゅしょう》ですね」

胡乱《うろん》げに、英徳が評した。

そこへ、サバがやってきた。

何気ない足取りで拾楽に近づくや、痺れがかなり取れてきた、投げ出していた足先を、鋭《するど》い爪《つめ》の一閃《いっせん》が襲《おそ》った。

「あいた――っ」

それでは足りない、とばかりに、がぶり、が続く。

「そ、そこ、お前がつけた傷の上っ」

噛みついたまま、榛色の瞳が、拾楽を睨《にら》んだ。

「い、たた、サバ、離しとくれ。痛いったら」

そういえば、湯島天神《ゆしまてんじん》で会った時から、サバは酷く怒っていたっけ。

「あ、あたしが悪かったから、痛い痛い」

――何が悪かったんだ。本当に分かってるのか。

「分かってる、分かってるったら」

おてるやさくらが、拾楽を騒動から遠ざけようとしていた中、サバは拾楽のやることを止めなかった。

その信用を、拾楽は裏切った。

サバに頼み事をして遠ざけた隙に、うっかり下手《へた》を打った。

ふ、とサバのがぶりが、緩《ゆる》んだ。

痛みが少し遠のき、ほっとする。

英徳が、ひょい、とサバを片手で持ち上げ、拾楽から少し離れたところへ、降ろした。

サバが大人しく従っているのが、憎らしい。少し妬《や》ける。

あはは、英徳が笑った。

「大将、怒るのは分かりますが、そのくらいで。それにしても、やりますねぇ。わざわざ痺れが取れるまで待って、爪とがぶり、ですか」

なるほど、それで今、がぶり、だったのか。

サバは、普段より手厳しい一撃《いちげき》で気が済《す》んだのか、天の側に戻って寛《くつろ》いでいる。

憎らしい医者は、拾楽の足の傷を診《み》て、楽しげだ。

「あーあ、こりゃ、綺麗に歯形が付いちまってる。爪は鮮《あざ》やかな蚯蚓腫《みみずば》れだ。でも、血は出てませんね」

血が出てないのが残念そうなのは、どうしてだろう。

腑《ふ》に落ちない拾楽を他所《よそ》に、英徳は続けた。

「絶妙な力加減に、感謝するんですね。蚯蚓腫れを綺麗にしてから、膏薬《こうやく》を塗《ぬ》りましょう」

「英徳先生、楽しそうですね」

つい恨《うら》み節《ぶし》になった拾楽に、英徳は飛び切りの笑顔で応じた。

「楽しいですよ、医者ですから」

「誰かが怪我《けが》をして喜ぶ医者なんぞ、いるもんですかね」

「ええ、ここに。治療は、こなせばこなすほど、腕が上がります。楽しいに決まってる」

盗みより、ですか。

出掛かった問いを、拾楽は呑み込んだ。

この男を疑っているのか、信用しているのか。

信用すると腹を括《くく》ったものの、本音《ほんね》のところでは、拾楽自身、未《いま》だに分からないでいる。

だが今は、『雪の玉水』と「犬神様」だ。

腕利きの医者そのものの手際《てぎわ》の良さを眺《なが》めながら、拾楽は訊いた。

「ここは、どなたの」

「二《に》キのご隠居の、西の根城《ねじろ》です」

とうに察しているだろう、という口ぶりに、拾楽も軽く頷く。

蠟燭《ろうそく》の明かりに仄暗《ほのぐら》く照らされた部屋を見回し、呟いた。

「臨時廻同心《りんじまわりどうしん》が、こんな立派な屋敷を持っていていいんでしょうかねぇ」

二キの隠居は、「深川《ふかがわ》の主《ぬし》」の方が収まりがいいが、表向きの立場は同心、北町《きたまち》で臨時廻を務めている。

奉行《ぶぎょう》と懇意《こんい》で、八丁堀《はっちょうぼり》の組屋敷ではなく、深川に住まう許しを始め、色々な我《わが》儘《まま》を通している。隠居のような暮らしが気に入っていて、掛井や拾楽達、周囲の者に「御隠居」と呼ばせているのだ。

英徳の応《こた》えは、あっさりしている。

「今更《いまさら》ですよ。あの人は、深川の主で『妖怪《ようかい》、地獄耳《じごくみみ》に千里眼《せんりがん》』だ」

確かにそうだ。

「鶴次さんは、ご隠居の西の耳目《じもく》って訳ですね」

英徳の話では、あの男が長屋への報《しら》せなどを請け負ってくれたそうだ。

拾楽が勇《いさ》み足をしそうで、危なっかしい。

隠居は案じていて、英徳にこの屋敷のことを伝えた。

何かあったら、使いなさいと。

やれやれ、形無《かたな》しだな。

拾楽は、苦く笑ってから、足の手当てを終えた英徳に訊《たず》ねた。

「昼間別れてから、英徳先生が摑んだ話を、伺《うかが》っても」

＊

掛井に、「万左衛門と若い男を当たってみる」と請け合った英徳は、土産物屋《みやげものや》を出て束《つか》の間《ま》思案した。

さて、どちらをどう当たればいいか。

行方《ゆくえ》知れずの若い方は、恐らくもうこの世から消されているか、捕えられているか、だ。

生きていたとして、一味を出し抜こうと企んでしくじった、などという強欲《ごうよく》な阿《あ》呆《ほう》を、わざわざ助けてやる義理もない。

ふと、敢《あ》えて助けて、一味の内情を聞き出すのも手か、という考えが過《よぎ》る。用が済み、その男がすっかり安心したところで、一味に「更なる裏切り者」として戻せば、面白いことになりそうだ。

英徳は、はっとして軽く首を横へ振り、ひとりごちた。

「いけない、いけない。『杉野《すぎの》英徳』はそんな非道《ひど》いことは考えませんね」

どちらにしても、万左衛門の正体が知れれば、おのずと阿呆の消息も分かるだろう。

やはり、万左衛門か。

二キの隠居が探り切れなかったのなら、隠居とは、違う方角から見た方がいい。

白粉屋の万左衛門、詐欺の元締めの万左衛門を探して見つからないなら、「草津《くさつ》から来た爺《じい》さん」を探してみるか。そうは言っても、江戸に「草津の出の六十絡《がら》みの男」が一体どれほどいるやら。気が遠くなりそうだ。

江戸に居ながらにして様々なことを見通す二キの隠居に比して、かつて津々浦々《つつうらうら》を飛び回っていた英徳——鯰《なまず》だからこそ、知れること、使える伝手《つて》はないか。

そこで、ふと思いついた。

万左衛門は、真っ当な手段で、江戸へ入って来たのだろうか。

草津からは、中山道《なかせんどう》を東へ、伏見《ふしみ》、下諏訪《しもすわ》、追分《おいわけ》、大宮《おおみや》を経《へ》て江戸に入る。

関所は、上野《こうずけ》の碓氷《うすい》、信濃《しなの》の福島《ふくしま》、贄川《にえがわ》番所の三か所。

深川の主と呼ばれる男の目を盗んで動くなら、呑気に関所は通らない。

どこも取り締まりは厳しいが、そこは蛇《じゃ》の道は蛇《へび》、銭《ぜに》をとって、関所を通らない裏道を案内する奴を使えばいい。

案内人は、後ろ暗い奴ばかりではなく、近くに住む者が小遣《こづか》い稼《かせ》ぎにしていることもあった。

あいつ、まだ江戸にいやがるかな。

英徳の脳裏《のうり》に浮かんだのは、碓氷関所で小金を稼いでいた男だ。

英徳が「鯰の甚右衛門《じんえもん》」をやっていた頃、「碓氷の蜘蛛《くも》」と呼んで、重宝《ちょうほう》していた。

大人数で、あるいは盗んだ金を持ったまま、関所の裏を通して貰ったことは数知れず。目障《めざわ》りな商売敵《がたき》一味が、鯰を狙う追手が、碓氷をいつ、どちらへ越えたか、なぞという話も、いち早く報せて貰っていた。

膝を痛め、江戸でひっそり暮らし始めた後も、蜘蛛の巣のように伝手を張り巡らせ、碓氷の後ろ暗い連中の全ての出入りを、日付刻限、人相風体《にんそうふうてい》からさりげなく訊き出した素性《すじょう》まで、漏《も》らさず書き留《と》め、時には掛井のような役人や、鯰達盗人に、「碓氷の委細《いさい》」を、幾許《いくばく》かの銭をとって教えている。

以前、碓氷の動向を知ろうと江戸の塒《ねぐら》を訪ねた甚右衛門に、「碓氷の蜘蛛」は笑って言ったものだ。

『こいつが、あっしの一番の楽しみ、日記みたいなもんです』

つくづく、物好きな男である。

「おっと、いけない。また『寝かした鯰』を起こしてしまうところだった」

ひとりふざけた調子で呟いて、英徳は懐《なつ》かしい男を訪ねた。

寛永寺《かんえいじ》の東、檀家《だんか》もない小さな古寺の住職に収まっていた「碓氷の蜘蛛」は、甚右衛門が生きていたことに喜んで泣き、隻眼《せきがん》になったことを悲しんで泣き、自分を頼りにしてくれたことに嬉しがって泣いた。

「碓氷の蜘蛛」は相変わらず、碓氷の後ろ暗い出入りを事細かに押さえていた。

「碓氷の蜘蛛」は初め、英徳の言う「草津の出で、万左衛門の人相風体をした六十絡みの男」は、裏道を使っていないと告げたが、「碓氷の蜘蛛」自身が、自分の出した答えに得心できなかったようだ。

甚右衛門が「碓氷を裏道で抜けた」と見ているのなら、必ず抜けている筈《はず》で、それを自分が見落とす筈がない、と。

再び、書付帳を幾冊もくまなく読み返し、「碓氷の蜘蛛」は嬉々《きき》として英徳に告げた。

「見つけましたよ、お頭《かしら》。草津じゃなくて、京の出だ。生業《なりわい》も白粉屋ではなく、蠟燭屋の隠居です」

「碓氷の蜘蛛」の書付帳には、こうあった。

当人は草津の出だと言っていたが、話の端々《はしばし》に、微《かす》かに京言葉の匂いあり。

江戸へは、孫を迎えに行くために向かう。
表の関を使わない理由《わけ》は、聞き出せず。
英徳は、立ち上がった。
「助かった」
短く告げると、「碓氷の蜘蛛」は嬉しそうに笑った。
英徳は、古寺を出て不忍池《しのばずのいけ》西の土産物屋へ向かった。
草津と偽《いつわ》ったが、恐らく京の出。
元は白粉屋ではなく、蠟燭屋の隠居。
孫を迎えに江戸へ出た。
これで、拾楽に心当たりがあれば、素性がはっきりする。
急ぎ戻った土産物屋は、蜂《はち》の巣を突《つつ》いたような騒ぎだった。
「面目《めんぼく》ありやせん」
苦し気に詫《わ》びた平八《へいはち》へ、何があったのか、英徳は訊ねた。
拾楽が、お延の家へひとり向かったこと。
程なくして、土産物屋の店先で、客同士が喧嘩《けんか》を始めたこと。
頭に血が上ったひとりが、隠し持っていた匕首《あいくち》を抜き、誰かれ構わず振り回し始めたので、平八達が収めるよりなかったこと。

騒ぎが一段落した時には、お延の家の縁側にいたはずの拾楽の姿が消え、芳三が倒れていたこと。

平八は、手短《てみじか》に要領よく、英徳へ伝えた。

「やられましたね、親分」

「面目ねぇ」とまた繰り返し、平八は続けた。

「あっしらが、ここで張ってることは、とうに知れていたようです」

ふむ、と英徳は腕を組んだ。

「そうなると、八丁堀に敵の手の者がいそうですね」

実直な目明《めあか》しが、息を呑んだ。

英徳が続ける。

「そうでなければ、辻褄《つじつま》が合わない。成田屋の旦那、親分、二キのご隠居に拾さん。誰も容易《たやす》く動きを読まれる人ではないのに、揃って出し抜かれるってことは、身近に鼠《ねずみ》がいるとしか。失礼だが、掛井の旦那の御同輩か、親分の手下《てか》の方々、この騒動を知り得る人物で、このところ信心を始めたようなお人は、いますか。あるいは、御身内を喪《な》くすなど、心に大きな隙間《すきま》が出来たお人は。お延さんのように、熱の籠《こも》った目をするようになった人でもいい。誰か、いませんか」

束の間考えた平八が、英徳を見た。

半ば茫然《ぼうぜん》として、呟く。

「この店の主《あるじ》は、元は目明しをやってやして。二年前、息子を失《な》くしてやす」

英徳は、「それだ」と呟いた。

ここの主は、一切《いっさい》を見ていた。掛井や拾楽との話を、耳をそばだてて拾うのは容易い。

元々、ここに居て当たり前の男だ。店の中で気配が動いても、誰も気にしない。

相手が目明しだった男なら、平八達の動きを読むのも、目立たぬよう巧く立ち回るのも、お手の物だ。

「すぐに捕えてください」

「承知」

平八は、素早かった。

逃げ出そうとした主を捕え、縛《しば》り上げた時、サバが忠助を引き連れて戻って来た。

厳しい瞳で、暫《しばら》く、あちらこちらを見回し、鼻をひくひくと動かしていたが、ふ

いに、
うにゃーお。

と低く鳴いた。

英徳と平八は、顔を見合わせた。

英徳が呟く。

「拾さんじゃなきゃ、何を言っているのかさっぱりだ」

平八が、

「拾さんを探してるのかい、大将」

と訊いた。

うう、とサバが唸る。

「違うようですよ、親分」

英徳の言葉に、平八は再び、呟いた。

「あっし達に探しに行けってぇことか」

団子《だんご》の尻尾《しっぽ》が、ぴっ、ぴっ、と苛立たし気に動く。

平八が、慌てて言い直した。

「じゃあ、付いてこい、だろうか」

にゃん。

軽く鳴き様《ざま》、サバは駆け出した。

束の間、平八と視線を交《か》わし、英徳がサバを追った。

サバは幾度か他の猫と何やら話し込む素振《そぶ》りを見せては、また駆け出した。

途中、天と落ち合ったのには、さすがの英徳も仰天《ぎょうてん》し、次《つ》いで楽しくなって笑った。

宵闇《よいやみ》の中、美しい犬と色男の猫が、風を切って走る。

英徳は、その姿に見惚《みと》れながら、二匹の後を追った。

＊

「途中までは、手加減して貰ってたんですが、私が天神様の物々しい気配を摑んだ途端、置いていかれました。辿《たど》り着いた頃には、大将と天が決着をつけてしまってた、って訳です」

サバは、朝飯前《あさめしまえ》、という顔で、先刻拾楽にがりっとやった手の手入れにいそしんでいる。

拾楽は、訊いた。

「サバや。お前、天をどうしたんだい」

――呼んだ。

しれっとそんな顔をしたサバに、溜息《ためいき》が零れる。

「勝手に呼びつけたのかい。今頃、佑斎《ゆうさい》さんが心配してるよ」

佑斎と天には、まだぎこちない間が空いている。

天は、誰よりも佑斎に懐《なつ》いているのに、甘えきれずにいる。

佑斎は、天を相棒として見ている一方で、かつての飼い主を追い詰めたことに対し、負い目も抱えている。

互いにすれ違っている分、かえって、互いを心配し合っているのだ。

さくらが、拾楽の膝の上で、ごろりと腹を見せて転がった。

――天《あのこ》がここにいるって、自分で決めてるんだから、放っておきなさい。

甘えながら、そんなことを伝えてくる辺り、やはり女子は男より上手《うわて》だ。

「さくら。サバとちゃんと仲直りできて、よかったねぇ」

ごろごろと上機嫌《じょうきげん》だったさくらが、ぴたりと止まった。

ふん、と言わんばかりに、くるりと身体を返し、膝の上で座り直すと、そっぽを向いた。

——あたしが、折れてあげたのよ。兄《あに》さまは言い出すと聞かないから。

強がりな背中を、ゆっくりと撫《な》でながら、拾楽は英徳に訊いた。

「土産物屋の様子は、どうです」

「立て続けの騒ぎで、てんやわんやでしたよ。忠助さんは、ぴんぴんしていました」

拾楽の読み通り、勘《かん》のいい忠助は、平八が一目《いちもく》置き、自分とは握り飯を分け合った仲のサバの様子を見て、「引き返した方がいい」と思ったのだという。

昏倒したままの芳三は土産物屋の二階へ寝かせ、土産物屋は縛り上げ、芳三が目覚めた時に余計なことを吹き込まぬよう猿轡《さるぐつわ》を嚙ませて、芳三の隣《となり》へ転がした。

番屋は人の出入りがあるから、駄目だ。

何食わぬ顔で、『雪の玉水』の連中が近づかないとも限らない。

英徳が、真摯《しんし》な声で言った。

「皆さん、拾さんを心配していましたよ。無茶をしに行った先で、消えてしまったから」

生真面目《きまじめ》な平八の、心配そうな顔が頭に浮かぶ。

「平八親分には、詫びなければ——」

拾楽の言葉を押し退けるように、どすどすと、広縁を通る足音が近づいて来た。

呆れ顔の英徳と拾楽が目を合わせた。

サバが、人間だったら舌打《したう》ちをしていたろう、というくらい忌々《いまいま》しげな顔で、庭に降りる。

さくらが、鬱陶しそうに、顔を上げた。

天は、顔のみをちらりと足音の方へ巡らせた後、つまらなそうにその場に伏せた。

勢い込んで、広縁から顔を見せ様《ざま》、掛井が喚いた。

「猫屋、無事かっ」

英徳が、し、と口の前に人差し指を立てた。

「成田屋の旦那。奥でおはまさんが休んでいます」

「お、おお。済まねぇ」

慌てて声を落とし、拾楽、英徳と車座《くるまざ》になる場へ、腰を下ろした。

さ、と大仰《おおぎょう》に裾《すそ》を払う仕草が、相変わらず派手やかだ。

「まだ、身体が思うように動きませんが、生きてます」

拾楽が答えると、掛井は英徳に訊ねた。

「猫屋に、何があった」

「痺れ薬を盛られたんですよ。憎まれ口が滑らかになってきたので、夜明けまでには身体も動くようになるでしょう」

「痺れ薬を盛られたって、まさか、お前《め》えに限って——」

驚いたように呟いた言葉を途中で切り、掛井は渋《しぶ》い顔になって、拾楽を睨んだ。

「分かってて、喰《く》らいやがったな」

へらりと笑った拾楽に、掛井が、ち、と舌打ちをした。先刻のサバと同じ顔だと言ったら、掛井は喜ぶがサバは怒るだろう。

掛井は、英徳に向かって言った。

「おい、医者。こいつ、一発ぶん殴《なぐ》ってもいいか」

顎《あご》で指すなんて、酷いなあ。

拾楽が口に出さずにぼやいていると、英徳が大真面目で言った。

「今は私の患者なので、だめです」

掛井が大きく頷いて応じる。

「よし、分かった。痺れ薬がすっかり抜けたらいいんだな」

拾楽は、音《ね》を上げた。

「勘弁《かんべん》してください。手前《てめ》ぇの思い上がりっぷりは、おはまちゃんに助けて貰った時、散々身に沁《し》みましたので。それより、旦那はどうしてここへ」

深川の二キの隠居の屋敷へ、涼太が知らせに来たのだという。

拾楽の行方が知れない。サバも姿が見えない。

さくらの様子もおかしい。何かあったのかもしれない、と。

「そうしたら、ご隠居がよ、猫屋はここだって言ってな。取るものも取り敢えず、見に来たってぇ訳よ」

ようやく落ち着いた掛井を見て、英徳が切り出した。

「成田屋の旦那もいらしたことですし、見立てを聞かせて下さい。白粉屋万左衛門の正体です。京の出、蠟燭屋の隠居、孫が江戸にいる。誰か心当たりはいませんか」

さっと、掛井が面《おもて》を厳しくして拾楽を見た。

拾楽は、小さく頷いた。

先刻、英徳の話を聞いた時から、気づいていた。

掛井が、奥の間を視線で示した。

低く、小さく、告げる。

「おはまにゃあ、聞かせたくねぇ」

英徳が、「ご安心を」と応じた。

「怖い目に遭ったばかりですから、寝間によく眠れる薬湯を支度しておきました。疲れてもいるでしょうし、ぐっすりでしょう」

あの薬湯は、眠り薬だったのか。

英徳が、苦笑を浮かべた。

「心配しなくても、曼陀羅華と違って、身体に悪いもんじゃあありません。眠れないという患者に、よく出しますよ。一時、太市《たいち》坊にも処方していた薬湯です」

太市はこの春、ある騒動に巻き込まれた。刃物を持った男に脅《おど》され、蔵《くら》に閉じ込められたのだ。

太市自身の機転もあり、無事に助け出すことが出来たが、少し幼さの残る十六歳だ。

負った心の傷は深く、その時は夢中でも、後になって恐れはぶり返す。

夜眠れない日が続き、眠っても、うなされて飛び起きることがあったと聞いている。

その太市の心を、根気よく癒《いや》してきたのが、英徳だ。

拾楽は、むっつりと言った。

「英徳先生を疑ってる訳じゃ、ありません。細《こま》やかな気遣いだな、と思っただけで」

厳しい声で、掛井が逸れかけた話を戻した。

「おはまに聞かれる心配がねぇんなら、遠慮なく話せるな」

英徳が、頷いて呟く。

「案の定《じよう》、お二人には心当たりがありましたか」

だしぬけに、掛井が切り出した。

「江戸にいるんじゃねぇ。いたんだ」

英徳が、言葉尻《じり》を上げて訊き返した。

「はい」

「死んだんだよ。牢《ろう》の中で、な」

「詳《くわ》しく、聞かせて下さい」

「爺《じじ》ぃの名は知らねぇ。孫の名は千之助《せんのすけ》。『六角堂《ろつかくどう》』ってぇ蠟燭屋の跡取り息子だった」

掛井は、やはりおはまを気にしてか、密《ひそ》やかに、平坦に、千之助が起こした騒動を語って聞かせた。

　冷ややかに、英徳が断じた。

「なるほど、とんだ下衆野郎《げすやろう》って訳だ。おはまさんも災難でしたね。孫を迎えに来たってことは、死んだことを知らないんでしょうか」

「いや、文《ふみ》は出してるはずだ。父親の消息が分からねぇからな」

　英徳に答えた掛井が、渋い顰《しか》め面《つら》で続けてひとりごちた。

「父親が放免になった時、もっとしっかり、居所《いどころ》を確かめとくんだったぜ」

　英徳が、得心した風に呟いた。

「万左衛門の目論見《もくろみ》、は訊くまでもなさそうですね」

　孫、千之助の恨みを晴らすことだ。

　掛井が、苦々《にがにが》しい声で、英徳の言を引き取った。

「おお。奴の狙いは、猫屋は言うに及ばず、サバ公とおはま、孫を捕えた俺とご隠居。ご隠居は、寺社奉行との繋《つな》がりもぶった切っちまったから、恨みもひとしおだろうよ」

「旦那。深川にいらっしゃらなくて、いいんですか」

　訊いた拾楽に、掛井が軽く笑った。

「あの人は、そんなにやわじゃねぇ。やっとうは俺《おれ》よりよっぽど手練《てだ》れだし、あれでも臨時廻の端《はし》くれだ。もっとも、そういう俺が、ご隠居と太市に叱られ、追い出されてきた口なんだけどよ」

『ぐずぐずしてないで、早く猫屋のところへお行き。隠居と呼べとは言っているが、儂《わし》はそれほどやわではない』

『そうですとも。やっとうでも、役者もどきの旦那より、ご隠居様の方がよほど頼もしいです』

そう言って、明るく掛井を送り出した二人が、目に浮かぶようだ。

掛井は、誰かを守りながらじりじりと敵が動くのを待つより、自ら先手《せんて》を仕掛けるのが似合いだ。

だから、拾楽は敢えてからりと茶化《ちゃか》した。

「ご隠居の手練れ振りは疑うべくもないですが。逃げ回ってばかりの旦那よりもやっとうが苦手な三廻《さんまわり》なんざ、いるんですか」

三廻とは、町奉行所同心の花形、定廻《じょうまわり》、隠密廻《おんみつまわり》、臨時廻のことだ。

掛井が、胸を張る。

「俺が、一番だな」

そこは、一番でもないし、威張《いば》るところでもない。

はいはい、と軽くあしらった拾楽を見て、英徳が噴き出した。

掛井が、真面目な顔になって、切り出した。

「さて。これからどうする。猫屋、医者」

サバとさくら、天が、揃って顔を上げ、こちらを見た。

英徳が、掛井の言葉を繰り返した。

「どうします、拾さん」

あたしに仕切れ、という訳ですか。

拾楽は軽く息を吐いて、切り出した。

「まず、身体が利くようになったら、天を送りがてら、佑斎さんを訪ねます。いい土産が手に入ったので」

掛井が訊いた。

「土産って、なんだ」

「火葬した犬の骨です。多分《たぶん》はちの。どう見ても、犬一頭分には足りないので、恐らくですが『雪の玉水』信心の芯《しん》として、少しずつ配られているのでしょう。お延さん夫婦が承知しているかどうかは、分かりませんが」

掛井が、盛大に顔を顰《しか》めた。

英徳の顔つきは変わらなかったが、気配が尖《とが》った。

大事な飼い犬の遺骨《ほね》を、あちこちに配られたら、飼い主としては堪《たま》らないだろう。

思い直したように、掛井が小さく頷いた。

「まあ、な。仏塔なんてのもあるから、信心としちゃあ、ありなんだろうよ」

仏塔とは、仏舎利《ぶっしゃり》――お釈迦《しゃか》様の遺骨やその代わりを収めたもの――を祀《まつ》る建物だ。海の向こうを含め、あちこちにあるという。

英徳が、不服げに鼻を鳴らした。

「お釈迦様は仏教の開祖、大元《おおもと》の御方《おかた》です。同じには語れませんよ」

英徳が言いたかったのは、数多《あまた》の人間の信心を集める者と、ただ安らかに供養《くよう》したいと思う相手では、その亡骸《なきがら》を大切にする「手立て」が違う、ということだろう。

だが、掛井は英徳の言葉の意味を「お釈迦様とただの犬を一緒にするな」と、取り違えたらしい。

とんでもない茶々を入れてきた。

「なんだ医者、お前《め》ぇはお釈迦様の信心者《しんじんもの》か」

英徳が、「止《よ》してください」と吐《は》き捨てる。案の定、一気に機嫌が悪くなった。

鯰の甚右衛門が手下《てした》に妄信《もうしん》されていたことを、この男は鬱陶しがっていた。信心者扱いされるのも、辛抱《しんぼう》がならないだろう。

拾楽は、急いで口を挟《はさ》んだ。

「旦那だって、気軽に仏様を拝《おが》んだりするでしょうし、どこかの寺の檀家でしょう。立派な信心者ですよ」

「お、おお。そりゃ、そうだな」

掛井が、少しまごつきながら応じたのを、よし、と頷いて話を進める。

「恐らく、万左衛門は仏舎利を真似たんじゃあないかと。こいつは豊山さんの受け売りですが、犬神ってのは、大概《たいがい》が『人に憑《と》りついて悪さをする妖怪』ってぇ扱いなんだそうです。貧乏神だの狐憑《きつねつ》きの狐だのと、同じですね。だが、あたしを襲った信心者達は、天を神や仏のように崇め、畏《おそ》れていた。言葉の通り『犬の姿をした神様』だって信じてるんでしょう。つまり、『雪の玉水』信心は、あちこちの教えを、適当に切ったり貼《は》ったりしておざなりにつくった、目の粗《あら》いざるのようなもんだってぇことだ」

妖怪、怪異の話をし出すと止まらない豊山に付き合わされたことが、思わぬところで役に立った。

「つまり、何が言いてぇ」とは、掛井の問いだ。

「万左衛門自身に、『雪の玉水』信心への思い入れはない、ってことです」

英徳が、なるほど、と頷く。

「孫を死なせた報復のためだけに、こんな薄気味の悪い信心をつくり上げた、と」

じゃあよ、と掛井が口を挟んだ。

「そこまで分かってるんなら、信心は放っておいて、とっとと万左衛門の奴をとっ捕《つか》まえる方が早《はえ》ぇんじゃねぇか」

拾楽は、首を横へ振った。

「いえ。『雪の玉水』信心が先です」

「犬神様」と崇められ、恐れられているはちが、飼い主を慕《した》うただの犬に戻れば、目の粗いつくりの『雪の玉水』への信心は、根元から瓦解《がかい》し、信心者も我に返る。

だが今は、妄信している奴らが厄介だ。

理《ことわり》を説いても、情に訴《うった》えても、届かない。「犬神様」と『雪の玉水』さえあれば、恐れるものはない。

恐れない素人は、手に負えぬほど厄介なことがある。

だから、万左衛門を仕留《しと》めるのは、手足の様に使っている信心者を奴から切り離してからだ。

掛井が、ふう、と息を吐き、「分かった」と応じた。

「それに、気になることがもうひとつ」

「なんでぇ、まだあるのか」

拾楽は、佑斎から聞いた「式《しき》」という呪《しゅ》の話をした。

「はちが『犬神様』に仕立て上げられているのが、ただの方便《ほうべん》ならいいのですが、本当に式として使役《しえき》されているとしたら」

英徳が、言葉の続きを引き取った。

「方術師《ほうじゅつし》、陰陽師《おんみょうじ》の類《たぐい》が嚙んでいる、ということですね」

拾楽は頷いた。

掛井は、弱り切った顔で、首の後ろをがりがりと搔《か》いた。

この男、全くお化《ば》け、妖《あやかし》を感じられない。自分の眼で見たものでなければ信じないと言い切っているから、妖の類を信じない。

拾楽の話は「猫屋がそう言うんなら、そうなんだろう」と、拾楽を信用しているだけだ。

なのに、理不尽極《りふじんきわ》まりないことに、怨念《おんねん》に呪詛《じゅそ》、力の強い幽霊《ゆうれい》や妖が放つ気が、てんで効《き》かない。無敵だ。

他の人間が揃って動けなくなるような、強い怨嗟《えんさ》の渦《うず》に巻き込まれても、ひとりけろりとしている。

効かないから、余計信じない。

今も、方術師の話を胡散臭《うさんくさ》く感じているようで、さっさと切り上げにかかった。

「そっちは、出たとこ勝負だな。で、俺達はどうすりゃいい」

出たとこ勝負をするのは、あたしじゃないですか。

拾楽は、腹の中のみで不平を抑《おさ》え、掛井に答える。

「旦那は、夜が明けたら土産物屋へ戻って下さい。芳三さんからもう少し詳しい経緯を聞き出して頂けると。お延さんの行方も気になります。そこから先は、土産物屋で落ち合ってから、改めて。佑斎さんの話如何《いかん》で、こちらの動き様《よう》が違ってきますから」

英徳が、続く。

「私も、旦那とご一緒します。拾さんはもう、どうにかひとりで厠へ行けそうですし。芳三さんの舌に痺れが残っているようなら、とっとと治してしまいましょう」

「おう。頼んだぜ、医者」

言い様《ざま》、二人が立ち上がる。

拾楽が見返すと、揃って不遜な笑みを浮かべた。

「野郎二人の道行きだ、わざわざ夜明けまで待つこたねぇ」

「ええ、時は金なり、です。拾さんはしっかり痺れが取れてから、動いてください ね」

「ああ、それからおはまには、ことが片付くまでこの屋敷から出るなって、言っと け」

「分かりました」

そんな遣《や》り取《と》りをし、掛井と英徳を見送った拾楽は、壁に深く身体を預けた。

賑《にぎ》やかな二人が去った後の屋敷は、しん、としている。

感じるのは、鶴次の静かな気配と、サバ達三匹の微かな寝息。

サバは広縁、天はその下、さくらは、サバと仲直りをしたからか、もう拾楽を案じる必要もないと踏んだのか、拾楽の膝の上から天の腹の側へ移って、気持ちよさそうに眠っている。

おはまは、部屋が遠いせいだろう、息遣いさえ感じられない。よく眠れていればいいのだが。

拾楽は、ゆっくりと息を吸い、時を掛け、細く息を吐いた。

一刻も早く忌々しい痺れが抜けるよう、手足を動かしながら考える。

貫八の何気ない勘が、大当たりだ。

まさか、千之助の祖父が報復にやってくるとは、考えていなかった。

「報復、か」

声に出して低く呟く。

親類縁者、纏《まと》めて闇に葬《ほうむ》ってやりたいのは、こちらの方だ。

今更、火種《ひだね》が燻《くすぶ》り出すくらいなら。

「まあ、やらないけどね」

事の起こりがおはまである以上、おはまが知ろうが知るまいが、おはまにも業《ごう》を背負わせることになる。

おはまには、僅かな影もささない光の下で、笑っていて欲しい。

そのために、降りかかる火の粉《こ》は念を入れて払おう。

もう二度と、火の粉の欠片でも掛ける気を起こさなくなるほどには、念入りに。

拾楽の痺れは、夜明けの少し前にすっかり抜けた。

明け六つ《む》と共に、二人と三匹は、朝餉《あさげ》に旨い青菜《あおな》の雑炊《ぞうすい》を貰った。

三匹には煮干《にぼ》し付き、拾楽、おはまの分は溶《と》き卵《たまご》が掛けられていた。

いい塩梅《あんばい》の塩気と米の仄《ほの》かな甘さが、痺れ薬を呷ってからこちら、何も食べていない胃の腑にじんわりと染《し》みる。

丁度《ちょうど》いい加減《かげん》で、半ばほど火が通った卵は、とろりと濃厚で、疲れの残った身体に力が戻ってくるようだ。

おはまには、千之助のことは端折《はしょ》り、昨夜の奴らがうろついているといけないから、迎えに来るまでここにいてくれとだけ伝えた。

おはまは奉公先を気にしていたが、拾楽が「おはまちゃんの身が一番」だと説けば、すぐに頷いてくれた。

さくらは、おはまについていることにしたようだ。

さくらを抱いた心配そうなおはまに見送られ、拾楽は屋敷を後にした。

途中、湯島の天神様に寄って、大欅《おおけやき》の洞《うろ》から、はちの骨が納められた壺を取り上げる。

五人に囲まれる間際《まぎわ》、咄嗟《とっさ》に隠したのだが、見つからずに済んだようだ。

浅草《あさくさ》、浅草寺《せんそうじ》の北、佑斎の塒が近くなるにつれ、機嫌よく立っていた天の尾が萎《しお》れていった。

何をしょげているのかと不思議だったが、家の前で、天がくうん、と鼻を鳴らして程なく、まろび出てきた佑斎を見て、得心がいった。

目の下の隈《くま》の濃さからして、佑斎は一睡《いっすい》もしていないに違いない。

「天。天、戻って来てくれたんだね」

くぅん。

叱られた子のように、天はしょげている。

それでも、萎れた尾が嬉しそうに揺れているのが、可愛くて可笑《おか》しい。

佑斎に心配を掛けたことを、申し訳なく思っているのだろう。

佑斎は、おずおずと天に近づき、頭を撫でた。

「もう、お前は私に愛想《あいそ》を尽かして、出て行ってしまったのかと思ったよ。いや、それは仕方ないことだし、お前の好きにしていいんだ」

天の目は、哀しそうだ。

拾楽は、佑斎を窘めようとしたが、思い直した。

「すみません、うちのサバが、急に呼び出しちまったみたいで。だから言ったろう、サバや。佑斎さんがきっと心配しているよって」

サバは、綺麗に知らぬふりを決め込んでいる。

佑斎が、見る間に明るい顔つきになった。

「そう、そうでしたか。大将が、ああ、そうか」

ひとりで得心している様子の佑斎に、天は、ほっとしたようだ。

愛想を尽かしたり、しませんよ。

そんな風に、そっと佑斎の手を一度舐《な》めた。

照れ隠しの笑みを収め、佑斎が拾楽を見た。

「大将が天を呼び出すなんて、何かありましたか」

佑斎の問いには答えず、拾楽は告げた。

「昨日お話しした、はちの縁《よすが》、見つけました」

佑斎の面《おもて》が、すう、と凪《な》いだ。

地味な「札書《ふだか》き屋」が、腕のいい「口寄《くちよ》せ拝み屋」に変わった瞬間《せつな》だった。

佑斎は、縁が「はちの骨」だと聞くと、拾楽とサバを小屋へ招き入れた。

いつものように小屋の外で佑斎を護ろうとしていた天も土間《どま》へ入れると、入り口の戸から明かり取りの障子《しょうじ》まで閉めて回り、部屋の中を薄暗くする。

拾楽が目顔《めがお》で問うと、佑斎は穏《おだ》やかな顔で、

「あの世の住人は、えてして陽《ひ》の光が苦手ですから」

と答えた。

拾楽が、袖からはちの壺を出すと、佑斎が丁寧《ていねい》に受け取る。

「この骨に、はちはいません」

それから少し首を傾げて、呟くように訊ねた。

「骨、これが全てでは、なさそうですね」

「ええ。あちこちに分けられちまってるようで」

「分けられた、ですか」

問い返した佑斎へ、「犬神様」と『雪の玉水』のことを告げる。

佑斎の顔つきが、厳しくなった。

「佑斎さん」

名を呼ぶことで、どうしたのかと訊ねた拾楽に、佑斎は告げた。

「ただの式として使われているのなら、まだよかったんです。けれど歪《ゆが》んだ信心の

糧《かて》にされたのだとしたら、救ってやるのは難しい」

土間にいた天とサバが、揃って佑斎を見た。

佑斎が続ける。

「猫の先生も御存じでしょう。歪んだ信心がどれだけ厄介か」

それはもう、身をもって知っている。

痺れ薬を盛られ、追い回され、おはままで巻き込んでしまった。

「嫉《ねた》み、恨みや怒り。そして歪んだ信心は、執着《しゅうちゃく》と言い換えればいいかもしれません。そういった昏《くら》い想念《そうねん》は、生霊《いきすだま》になりやすいんです」

生霊は、執着する相手の霊《たましい》を容赦《ようしゃ》なく縛る。

生霊が、はちの慕っている主なら、自ら逃れようともしないだろう。

縛られた霊は、強く縛られるほど歪んでいき、やがて壊《こわ》れる。

拾楽は、訊ねた。

「壊れる前に解き放ってやれば、助かりますか」

佑斎は、軽く首を傾げた。

「歪んだ執着の力は、強いですよ」

今まで数多の霊と話をしてきた佑斎の言葉の重さに、拾楽は黙《だま》るしかなかった。

佑斎は、微かな哀しさを纏って言った。

「『犬神様』は只の方便、この子が既《すで》に極楽《ごくらく》へ旅立っていることを、願うばかりです」

それから佑斎は、沢山《たくさん》の札を書いた。佑斎が売り歩いている木の札ではなく、真っ白な紙の札だ。四角に梵字《ぼんじ》の札が殆《ほとん》どだが、そのうちの幾枚かは、人型に切り抜いてあった。

拾楽が訊ねる前に、佑斎が教えてくれた。

式として使われているなら、使っている方術師がいる。不用意に探れば気づかれ、式を送り込まれることもある。四角い札は居所を辿《たど》れなくする目くらまし、人型の札は、目くらましを破られた時の身代わりだそうだ。

拾楽は、得心して呟いた。

「だから、天も中に入れたんですね」

佑斎が、小さく頷く。

鮮やかな手際と周到な支度に、つい、拾楽は訊いた。

「佑斎さん、本当は口寄せ拝み屋でも札書き屋でもなく、実は高名な坊様か何かなんじゃあ、ありませんか」

あはは、と佑斎が笑った。

「間違いなく、ただの元口寄せ拝み屋です。これは、口寄せで危ない目に遭いながら培《つちか》った、自衛の策の使い回しです。私は方術も使えませんし、式に霊を捕えることも出来ません」

にゃおう。

――そいつの邪魔《じやま》をするな、阿呆。

土間からサバに叱られ、拾楽は大人しくすることにした。

佑斎は、板の間にサバと天を上げ、壁にぐるりと、四角い札を貼りつけていった。

確かに、念仏《ねんぶつ》やら呪文《じゆもん》を唱《とな》えてはいないねぇ。

拾楽は、どこか呑気にそんなことを考えていた。

仕上げに、土間の真ん中へ、人型の札を並べて置く。

あれが、万が一の時の身代わり、という訳だ。

板の間に上がってきた佑斎は、拾楽の向かいに腰を下ろすと、はちの骨を入れた壺を、目の前に置き直した。

佑斎が、軽く目を伏せる。

サバが、はちの壺を見つめた。

天が、佑斎を護るように、その傍らに伏せた。

何の合図もなく、口寄せは始まったようだ。


佑斎の地味な顔を、汗が伝《つた》う。

佑斎は何も言わない。苦し気な顔もしない。

お転婆《てんば》幽霊の山吹《やまぶき》を引き受けた時と、様子が違った。

ただ、顎から垂《た》れ、佑斎の小袖《こそで》に小さな染《し》みをつくる汗だけが、佑斎が苦労していることを知らせていた。

拾楽がどれほど息を詰めていただろうか。ふいに、佑斎の身体から力が抜けた。

半ば落としていた瞼を重そうに上げ、拾楽を見て首を横へ振った。

「だめです」

ぼそりと呟いた佑斎に、拾楽は確かめた。

「つまり、はちはもう浮世《うきよ》にいない。そういうことですか」

佑斎が、再び頭《かぶり》を振る。

「この骨には、はち、の念が残っています。この子は、とても主夫婦《あるじ》を心配していた。ここまで一途《いちず》な気がかりを残したまま、極楽へは行けません。浮世に留《とど》まっているのは間違いないのに、全く居所が掴めない。骨から繋がっている、細い糸のようなはち、の気配は辿れるんです。それが、壁に遮《さえぎ》られるように、突然ふつりと途絶えてしまう。幾度辿っても、辿り方を変えても、同じです」

佑斎が、きゅ、と唇《くちびる》を噛んだ。

双眸《そうぼう》には、はっきりとした憤《いきどお》りが浮かんでいる。

佑斎は、自身に念を押すように、告げた。

「はち、は、式として縛られています。これほど強くこの子を縛るなんて、許せませんね」

ですから、と佑斎は拾楽を見た。

地味な顔立ちが浮かべるはっきりした笑みは、思いのほか力強かった。

「手伝わせてください。ご入用《いりよう》でしょう、腕の立つ口寄せ拝み屋が」

おはまの様子を見に和泉橋の屋敷に戻ると、示し合わせたように、掛井と英徳が拾楽を待ち構えていた。

おはまは、じっとしているのは性《しょう》に合わないと、鶴次を手伝って、あちこち動き回っているそうで、手持無沙汰《てもちぶさた》そうに、さくらが拾楽に寄って来た。

掛井の話では、驚いたことに逃げたはずのお延が、舞い戻っていたのだという。亭主の芳三と共に、土産物屋に捕えているが、だんまりを決め込んでいるそうだ。

芳三はまだ痺れが残っているのもあるが、大人しく殊勝にしている。だが、知っていることは拾楽に語った話で全てだと、言っているらしい。

「佑斎さんは、いかがでした」

英徳に訊かれたので、拾楽はあの場で見たことを、残さず伝えた。

穏やかな佑斎が激怒したと聞き、幽霊や妖を信じていない掛井さえ、言葉もないようだった。

英徳は、平坦な声で「むごいことだ」と呟いた。

拾楽は続けた。

「佑斎さんの話では、このままだと、はちのことは助けられないし、どこにいるのかも分からないそうです。万左衛門と方術師をおびき出し、式を使わせる。そうしたら、必ず自分がなんとかすると、佑斎さんは請け合ってくれました」

それは、はちの霊が粉々《こなごな》に砕《くだ》けてしまうことも含めてのことだと、察しはついていたが、拾楽は口にしなかった。

助けることが叶《かな》わないなら、せめて式の縛りを解いてやる。佑斎がその覚悟を口にすることなく、自らに課しているからには、こちらも黙って任せるのがいい。

敵の方術師は侮《あなど》れないとも、言われた。

それは、拾楽にも見当がついていた。

佑斎を訪ねても、お延の家へ行っても、サバの瞳は青くならなかった。

時折、行きずりのお化けと話でもしているのか、ちらりと青い光が走ることはあっても、今までお化けに対峙《たいじ》した時の様《よう》に、はっきりとした青になることは、なかった。

サバにもそれと分からせない程、はちを強固に縛っているということだ。

「いよいよ関ヶ原ってぇ顔をしてるな」

掛井が、面白がっている様子で言った。

「さて、どうしますか」

英徳が、うきうきと訊ねた。

拾楽は、二人と順に目を合わせて告げた。

「昨夜話した通り、まずははちを助ける手順に変わりはありません。ただ、佑斎さんの話では、式としてははちを使役する時が、はちを説き伏せる一度きりの機会だそうです。そして、縛られているはちの口寄せをするには、なるべく近くにいたいそうで。言うまでもありませんが、あちらに使われている以上、佑斎さんがなんとかしてくれるまでは、はちもこちらを狙い、襲い掛かってくるのは、まず間違いありません」

掛井が、不平を言った。

「つまりは、万左衛門と方術師、万左衛門の手下の信心者、それから何だ、式とかで縛られてる犬っころ、一遍《いっぺん》に相手をしなきゃあいけねぇってぇ話か。こいつは、難儀だ」

酷い顰め面だが、目が不敵な光を放っている。

「面白くなってきたじゃあ、ありませんか」

嘯《うそぶ》いた英徳は、腕が鳴る、とでも言いそうな気配だ。

「頭数を揃えた方がいいなら、平八に声を掛けさせるが」

掛井の申し出を、拾楽は断った。

「方術の類にもよりますが、式として使われている霊は、閉じ込められている式札が身体《にく》の代わりにもなるので、使役される時には誰にでも見えるようになるそうです」

　縛られ、苦しみ、それによって、縛った相手を恨んでいる霊は、恐ろしい化け物の姿をしていることだろう、とは佑斎の言だ。

　掛井が、溜息を吐《つ》いた。

「慌てるわ怯えるわで、かえって使い物にならねぇってか」

「ええ」

「使えそうなのは、平八と勘のいい忠助くれぇだな」

　掛井の言い振りでは、忠助は元々視える性質《たち》で、勘の良さはそこからきているのだろう。

　拾楽は、言い添えた。

「ああ、旦那は必ずいてくださいね。今回ばかりは、逃げるのはなしです」

　掛井が首を傾げる。

「立ち回りにしろ、お化けの相手にしろ、俺は役には立たねぇよ」

「とうに承知ですよ。とはいえ、大威張りで言って頂《いただ》きたくはないですが。旦那は、その場にいてくれるだけで構いません」

掛井の、お化けも呪《まじな》いも寄せ付けない、持って生まれた才は、たとえそれが掛井自身にしか効き目がなくても、きっと大きな力になる。

拾楽は、二人を順に見遣《みや》り、続けた。

「あたしが、万左衛門を煽《あお》って引き付けます。そうなると、手下の信心者たちも揃ってあたしに向かってくるでしょう。英徳先生は、方術師が術を使うのを、邪魔して頂けますか」

英徳は、不服げに拾楽を見たが、すぐに頷いた。

「いいでしょう。方術師にはさっさと目を回して貰って、拾さんを手伝うことにします」

拾楽は、笑って頭を下げた。

「是非、お願いします。実は、佑斎さんは口寄せをしている間、隙だらけになるんですが、そちらは天に任せて大丈夫かと」

「念のため、気に掛けておきましょう」とは、英徳だ。

味方にすると、この男はこれほど頼りになるのかと、拾楽は密かに感じ入った。

そして拾楽は、サバを見た。

「はちの相手は、サバ頼みになりそうなんだけどね。それからもうひとつ。天と一緒に、引き受けて欲しい役どころがあるんだ」

——まったく、猫使いの荒い子分だ。

と文句を言いたそうな顔になったが、その実、掛井や英徳と同じように、瞳を煌《きら》めかせていた。

——あたしは、あたし。

さくらが、にゃあ、にゃあ、と拾楽の膝に前脚《まえあし》を置いて、しきりに訴えてくる。

「さくらは、天と一緒に、佑斎さんを頼むよ」

——えー。まあ、いいや。その時になったら好きに動いちゃえ。

お転婆娘が、悪い顔をしたので、

「お待ち、さくら」

と窘めたが、綺麗に聞こえない振りをされた。

——好きにさせてやれ。

どこまでもさくらに甘いサバが、榛色の瞳でそう伝えてきた。

正直、分《ぶ》が悪いと踏んでいるのに、揃いも揃って、なんだってそんなに楽しそうなんだろうねぇ。

ひとりで思い詰めているのが、馬鹿らしくなってきた。

呆れて笑っていると、英徳が訊いた。

「それで、どうやって万左衛門を煽るつもりです」

拾楽は、にやりと笑った。

「奴が使っている手足を、逆手《さかて》に取ろうと思います。それにはお延さんに目を覚まして貰わなければ」


土産物屋の二階で、芳三とお延は平八とその手下達に取り囲まれていた。

『雪の玉水』を信心していた店の主《あるじ》は、階下の納戸《なんど》に押し込めているそうだ。

既に敵方にはここのことを知られてはいるものの、どこで万左衛門が使う連中に襲われるかもしれず、下手に連れ出せずにいるらしい。まだここで迎え撃つ方が分《ぶ》があるだろう。

掛井が視線で指図すると、平八を残し、手下達は揃って階段を下りて行った。

拾楽が、芳三お延夫婦の前に座ると、芳三が深々と頭を下げた。

「酷《ひで》ぇ目に遭わせちまって、申し訳ねぇ」

拾楽は笑った。

「お気になさらず。汁粉は美味《おい》しかったですよ。ちょいと甘すぎましたがね」

軽い皮肉に、芳三は身体を丸め、再び頭を下げた。

お延はぼんやりした顔をして、目の前の拾楽を見ているようで見ていない。芳三との遣り取りも、聞こえているかどうか。

拾楽は、お延の前に、はちの骨が入った壺を静かに置いた。

「お返しします」

ゆっくりと、お延の目に正気の光が戻る。

躊躇《ためら》いがちに、指が壺へ伸びた。

そっと取り上げ、小さな瀬戸の壺を胸に掻き抱《いだ》く。

大粒の涙が、両の目から零れた。

「はち、はち。ようやく帰って来てくれた」

芳三が、告げる。

「女房の奴、はちを独《ひと》りにできねぇって、戻って来たんです」

「そいつは、すみません」

詫びた拾楽に、芳三は少し笑った。

「かえって助かりました。お延が戻って来た時、こいつがあったら、またお延は逃げ出してたでしょう。逃がしたあっしが言うのも何ですが、逃げ出したって、人別《にんべつ》帳《ちょう》に名のねぇ大年増《おおどしま》の女子《おなご》がひとりきり、まともな暮らしなんざ出来やしませんからね」

『雪の玉水』も「犬神様」も信心していなかった芳三は、真っ当に戻るのが早かったようだ。

次は、お延だ。

はちを抱きしめて泣いているお延に、拾楽は語りかけた。

「お延さん。その壺の中のはちは、欠けています」

濡《ぬ》れた目が、拾楽を見返した。

「恐らく、本来あるべき骨の、半分もないでしょう」

「う、そ」

掠《かす》れた呟きが、お延の乾《かわ》いた唇から漏れた。

拾楽は、視線をお延から芳三へ移した。

「はちの骸《むくろ》を庭へ埋めてはいけないと言ったのは、万左衛門さんですね」

戸惑い顔で、芳三が頷いた。

「万左衛門さんは、あっしが子供《がき》の頃、料理を教えてくれたおひとなんです。あのひとは『只の素人、下手の横好きだ』とよく笑ってましたが、『瓢簞亭』で出してた料理の味の肝は、みんな万左衛門さんから教わったもんだ。どこで知ったのか、江戸へ来たからと訪ねてくれたのは、はちが死んですぐの頃でした。『庭に埋めると、かえって飼い主が恋しくなり、構って欲しくて商《あきな》いの邪魔をする』って言われました」

弔《とむら》ってくれるというから、一度は万左衛門に預けたものの、お延が、やはりよく遊んでいた庭に埋めてやりたいと言い出した。

万左衛門に訊けば「燃やして骨にすればいいだろう」と言うので、それも頼んだ。

芳三もお延も、はちを喪くして、何もする気がなくなってしまっていた。

今思えば、きちんと自分達で弔うことが、何よりはちの供養だったはずなのに。人任せにしてしまったのが、悔《く》やまれてならない。芳三は、そう言った。

万左衛門は、はちを喪《うしな》った悲しみを引きずっているお延が気がかりだと、足繁《あししげ》く訪ねてきた。

供養花だと言って、はちの壺を埋めた側に、白く大きな花――曼陀羅華を植えたのも万左衛門だ。

お延は、はちと同じ白い色の花を、はちが戻って来たようだと、大切にした。

少しずつお延はおかしくなっていって、芳三が気づいた時には、お延は明け六つになると、はちを埋めた土の上に見覚えのない、値《ね》の張りそうな水瓶《みずがめ》を置いて拝んでいた。

それでも、芳三は恩人の万左衛門に「来るな」と言えずにいた。

きっとあれは、はちの供養のひとつなのだ。お延の悲しみが癒《い》えれば、そのうち止《や》めるだろうと、自分に言い聞かせて。

ところが、お延は止めるどころか、井戸水をちょっと朝日に当てて拝んだだけの水を、嘘八百《うそはつぴやく》の売り口上《こうじよう》――貫八が聞かされた話だろう――を並べ、娘夫婦に高《たか》値《ね》で売ろうとしたのだそうだ。

『雪の玉水』を売りつけるだけなら、嘘八百の売り口上、仲間に引き入れられそうなら、「犬神様」と使い分けていた様だ。

拾楽は、確かめた。

「それじゃ、娘さん夫婦も、『雪の玉水』の信心を」

芳三は、大きく頭《かぶり》を振った。

「大喧嘩の挙句《あげく》、娘夫婦まで妙な信心に巻き込んだら離縁だと言って、諦めさせました。娘がだめなら、とばかりに貫八に狙いを定めて。貫八が真《ま》に受けずにいてくれたので、ほっとしてたんです」

なるほど、お延が信心にのめり込んだ経緯と『雪の玉水』の中身は分かった。

お延は、はちの壺を抱きしめ、泣き続けている。

「お延さん。万左衛門さんが訪ねてくるたび、はちの骨が減っていることに、気づいていたでしょう」

お延は、呆然《ぼうぜん》と頭を振った。

「だって、万左衛門さんは、壺の中を見ちゃいけないって」

「でしたら、『雪の玉水』信心の方々は、どう水を作ると思っていたんです」

「それは、うちから買った水を、普通の水で薄めて拝めば。少し効き目は薄いけれどれっきとした『雪の玉水』になる、と万左衛門さんが――」

拾楽は、舌打ちをどうにか堪《こら》えた。

万左衛門、万左衛門と。奴は、どれだけ巧《たく》みにお延を丸め込んだのか。

万左衛門は、何かと都合がいいお延を取り込むために通っていたのもあるだろうが、恐らく新しい信心者を引き入れるたびに、はちの骨が入用になって、奪いに来ていたのだろう。

はちを、信心の方便に使うだけでなく、わざわざ本物の骨を使った理由《わけ》は、佑斎が見当をつけていた。

『はちを、式として縛り付けるためでしょう。信心者の念とはちの霊《たましい》が強く結び付くほど、式を使役する呪もまた、強く働きます。拝む相手は、只の方便よりも本物の骨の方が、遙《はる》かに都合がいい』

『雪の玉水』信心をつくり上げ、どっぷりとのめり込んだ信心者を使って、拾楽や掛井、二キの隠居のことを調べ上げげた。多分、奉行所にも万左衛門の手足がいるのだろう。

敵ながら、よく出来た信心だ。

『雪の玉水』を高値で売らせることで欲を煽り、「犬神様」への信心で深くのめり込ませる。

千之助を袖にしたおはまを陥れるために、兄の貫八へ繋がるお延を引き入れた。

「犬神様」信心が先か、お延に狙いを定めたのが先かは、分からないけれど。

お延と芳三の家に入り込んだ時から、拾楽に曼陀羅華を盛って、殺しの下手人に仕立てる策を練っていた。

全てが、孫の報復のため。「怪しげな信心」を隠れ蓑にした備えだ。

信心が怪しければ怪しいほど、本当の目当ては隠しやすい。

自身の素性も、江戸の隅《すみ》に根城を置くことで、二キの隠居から念入りに隠した。周到で姑息《こそく》、執念深い男だ。

「でも」

お延が、熱っぽい目をして言った。

「本当に、『雪の玉水』は効いたんだもの。あたし、ずっと自分に腹を立ててた。前の日に上げた残り物の餌《えさ》が、傷《いた》んでたのかもしれない。いつも聞き分けのいいはちが、あの日の夜に限って、部屋へ上がりたがった。具合が悪かったのかもしれないのに、あたしは叱って庭にいさせた。次の日の朝、はちは冷たくなってた。あたしがはちを殺《あや》めた。哀しくて、腹が立って、自分の気持ちが自分でどうにもならなかった。万左衛門さんは言ったのよ。はちの哀しみが視《み》えるって。独りきりで逝《い》かなければならなかった寂しさが、はちを汚《よご》してるって。はちに申し訳なくて、どうにかなりそうだった。でも、はちが綺麗にしてくれた『雪の玉水』を飲めば、すぐに頭がすっきりして、身も心も綺麗になった気がしたのよ」

はちが水を綺麗にするとは、芳三が「明け六つになると、はちを埋めた土の上に水瓶を置いて拝んでいた」と言っていた、あれか。

拾楽は、言い返した。

「なった気がした、ですよね」

「それは――」

「心が弱っている時、もっともらしいことを言われれば、人は本当にそんな気がしてしまうものなんです。高名な医者が渡せば、うどん粉だって良く効く薬に化けるんですよ」

「でも、はちは」

「お延さん。あたしの話をちゃんと聞いて、ご自分でしっかり考えてみてください」

拾楽は、噛んで含めるように言った。

「聞き分けがよくて賢《かしこ》く、お二人のことを大層慕っていた、お延さんが毎日見ていたはちと、つい先頃知り合いになった男が語る、哀しさや寂しさで汚れてしまったはち。お延さんはどちらを信じるんですか」

「あた、あたしは――」

拾楽は、静かに諭《さと》した。

「はちの骨を、腕利きの口寄せ拝み屋に視て貰いました。はちの念が残っているそうですよ。とても、お延さんと芳三さんを心配していた。はちは、お延さんを恨んでもいないし、汚れたりもしていないんです」

わふん。

犬の鳴き声がした気がして、拾楽は辺りを見回した。

宙《ちゅう》を見据えるサバの瞳が、ほんの刹那《せつな》、強い青色を宿して、すぐに元の榛色に戻った。

続いて、きゃいん、と苦しそうな悲鳴が響いたのも、聞き違いではないだろう。

「わふん、って。あれははちが嬉しい時の返事なのよ。はち、お前、はちね。どこにいるの——」

すっかり正気に戻った顔をして、お延ははちを呼び続けた。

痛々しい様子のお延の手を、芳三は泣きながら握り、呟いた。

「はち。お延を正気に戻してくれて、ありがとうな」

拾楽は、二人に語りかけた。

「はちを、助けてやりませんか」

次の日の夜明け。

土産物屋に忍び込んだ同心がいた。

気の張り通しで疲れが出たのか、転寝《うたたね》をしていた腕利きと評判の目明しの懐《ふところ》から、南京錠《なんきんじよう》の鍵《かぎ》を抜き取った。

納戸に押し込められ、念入りに見張られていた土産物屋の主は、誰にも見咎《みとが》められることなく、姿を消した。

＊

万左衛門は、逸《はや》る心を苦心して抑えた。

もう少しだ。あともうひと息。

京から江戸へ下《くだ》り、苦心して大きくした「六角堂」を譲った息子は、気が小さく性根《しようね》も据《す》わっていない、愚《おろ》かな子だった。

その分、出来のいい孫は可愛かった。

弱いものを甚振《いたぶ》る、少しばかり困った癖《くせ》を持っていたが、それは些末《さまつ》なことだ。

狡《ずる》さと賢さを兼ね備えた孫の行く末が、楽しみだった。

息子には許さなかった「万左衛門」の名を渡すため、千之助と名付けたのに。

千之助は、袖にされた娘を脅した咎《とが》、子供を脅して老婆を死なせた咎で縄目《なわめ》を受けた。

取るに足らない奴らのせいで、牢へ入れられたのだ。

愚かな息子は、可愛い孫が牢にいるのに江戸から逃げ出し、京へやってきた。

孫は、きっと辛《つら》い目に遭っているに違いない。

一刻も早く助けてやらなければ。

急いで江戸へ下ったのに、間に合わなかった。

「六角堂」跡取りの矜持《きょうじ》に溢《あふ》れていた可愛い孫は、牢で虐《しいた》げられ、身体を壊し、そのまま逝ってしまった。

あの子が「六角堂」を継ぐまで、あの世へ行く訳にはいかない。

そう思い定めていたのに、あの子が先にあの世へ旅立ってしまった。

手塩に掛けた「六角堂」も失《な》くしてしまった。

このままでは、あの子は死んでも死にきれないだろう。

だから、儂が可愛い孫の恨みを晴らしてやる。

愚かな息子だが、孫を陥れた奴らのことは、詳しく覚えていた。

それは褒《ほ》めてやろう。

あの子を追い詰めた、売れない画描《えか》き。

あの子に縄を掛けた、役者紛《まが》いの定廻。

あの子の牢での暮らしを辛いものに仕向けた、臨時廻の老いぼれ。

全ての切っ掛けになった、孫を袖にした町娘。

ひとりひとり、順に報復してやる。

思ったより手強《てごわ》く、途中手違いもあったが、大したことではない。

今頃、儂の素性に見当をつけても、遅い。

京で知り合った方術師も、いい仕事をしてくれた。

町方に捕えられた、使える手足も上手《うま》いこと逃がすことができた。

その手足によれば、明日の夕暮れ、奴らは深川に集まるのだという。

なんでも儂がつくり上げた「犬神様」に怯え、孫が捕えられた河原で供養をするのだそうだ。

勿論《もちろん》、儂をおびき出す罠《わな》なのは百も承知。手足は敢えて逃がされたのだろう。

だがこちらには、方術師と「犬神様」がいる。

罠に嵌《は》まった振りで、葬ってやる。

さあ、あとひと息だ。

お前の恨みを晴らすまで、もう少し。楽しみに待っていてくれ、千之助。

＊

傾いた陽が、川面《かわも》を橙《だいだい》に染める日暮れ。

拾楽は、川面に向かって屈《かが》み、手を合わせていた。

後ろから、近づいて来る気配がひとつ。河原の叢《くさむら》に潜《ひそ》んでいる五つの気配は、
痺れ薬を盛られた後で散々追いかけ回してくれた五人だろうか。

近づく気配が、拾楽のすぐ側まで来るのを、敢えて待つ。

「おひとりですかな」

しわがれた声が、訊ねた。

拾楽が、川面へ向いたまま立ち上がり、訊き返す。

「そちらさんは、おひとりで」

「さあ、どうでしょうなぁ」

拾楽の横に並び掛けた男は、六十絡み、白髪《しらが》で辛うじて小さな髷《まげ》を結《ゆ》っている、
小柄《こがら》な男だ。

「こちらも、どうでしょう」

穏やかに晴れた夕暮れ時は、ひたすら静かである。

風も流れず、飛ぶ鳥の影もない。

今はまだ気配もない、禍々《まがまが》しい何かを察して息を潜めているようだ。

男は、長閑《のどか》に呟いた。

「いつもは蟻《あり》の様に煩《うるさ》く行き交う舟が、ちっとも見当たりませんなあ」

「危ないから、ではないでしょうか」

拾楽の応えに、男は、ふぉ、ふぉ、とかさついた笑いを返した。

舟影《ふなかげ》は、川上からこちらへ向かってくる、一艘の猪牙《ちょき》以外見当たらない。

このひと時、隅田川《すみだがわ》のこの辺り、人も舟の往来も、止めて貰っている。

ここは深川、深川の主《ぬし》にはそれくらい容易《たやす》いことだ。

男――万左衛門は、言った。

「儂を捕えるなら、今ですぞ。お前さんなら、しなびた爺ぃ《じじい》ひとりねじ伏せるくらい、容易いことじゃろ」

拾楽は、ひんやりと笑んだ。

「遠慮しておきます。手を伸ばした刹那、『犬神様』に喰《く》い殺されるのは御免《ごめん》ですから」

言い様《ざま》、拾楽は、川岸に沿って横へ飛び退《すさ》った。

ぶわりと、万左衛門から殺気とも妖気《ようき》とも知れない、物騒な気配が立ち上った。

姿勢を低くし、河原に左手を突いて、自ら飛び退った勢いと襲い掛かる妖の気配をやり過ごす。

にたり。

万左衛門が、笑みを浮かべた。

皺《しわ》の目立つ手が、懐から一枚の札を取り出した。

佑斎が書いた白い札とは違う、暗い赤色をした、札。

「ご老体がお持ちとは思いませんでした。元の生業は、蠟燭屋ではなく拝み屋でしたか」

拾楽の言葉に、万左衛門は嗤《わら》いで応えた。

「呪い、方術なぞは、金《かね》で雇《やと》われる下賤《げせん》な輩《やから》に任せればよい。いざとなれば、泥も喜んで被ってくれよう」

拾楽も、笑った。

「人を人とも思っていない。お孫さんとよく似ておいでの下衆《げす》同士だ」

万左衛門の気配が尖った。

ゆったりと、左手を挙《あ》げる。

叢の五人の気配が動き、拾楽を取り囲んだ。

拾楽は、川面を背にして五人と対した。やはり、湯島天神まで拾楽を追ってきた、あの夜の信心者達だ。

万左衛門が、五人の後ろに下がった。

拾楽は、少し焦っていた。

なぜ、式札を、万左衛門が持っている。

はちを使役する方術師は、どこにいる。

おおい。

間延びした、呑気な声が、川から聞こえた。

流れに任せるようにゆったりと近づいていた猪牙だ。

「拾さん、そろそろそっちへ行ってもいいですかぁ」

櫓《ろ》を操るのは平八、呑気な声の主《ぬし》は、英徳である。

五人を視線で足止めしながら、拾楽は軽く右手を挙げた。

万左衛門と同じ合図なのが、少し癪《しゃく》に障《さわ》る。

見る間に猪牙は岸へ近づき、英徳が拾楽の傍らに、ひらりと飛び降りた。

少し遅れて、平八が続く。

英徳が、楽し気に告げた。

「私の獲物《えもの》がお出ましになるまで、こっちを手伝います」

「助かります。親分は、掛井の旦那をお願いします」

拾楽の求めに、平八が「承知」と応じる。

平八と息を合わせて、拾楽が動いた。

行かせまいと伸びて来る手を、拾楽が素手《すで》で弾《はじ》き、向かって左の隅から平八に囲いを抜けさせる。

平八から遠い信心者は、英徳が睨みを利かせ、足止めしてくれた。

平八が向かう先の渡し場には、黒巻《くろまき》羽織《ばおり》姿の掛井が、左手を袖に仕舞《しま》った粋《いき》な立ち姿で、こちらを眺めていた。

つい先刻まで近くの叢に屈み、息を潜めて出番を待っていたとはとても思えないほど堂々としているのも、大威張りで取り敢えず立ち回りが届かない場に立っているのも、掛井らしい。

先手を取ったこちらの動きを、呆然と見ていた万左衛門が、我に返った。

「動かないで貰いましょうか」

手にした赤い式札を見せつけ、万左衛門が声を張り上げた。

「大人しくしないと、『犬神様』にお出まし頂きますよ」

拾楽は、のんびりと言い返した。

「それは、本当に『犬神様』ですか」

万左衛門も、五人の信心者も、嘲《あざけ》るような薄笑いを浮かべるのみだ。

拾楽は、五人のひとりを見据え、訊ねる。

「『雪の玉水』は、効き目がありましたか。娘さんや御内儀《おないぎ》さんの肌は、白くなりましたか」

拾楽に訊かれた男は、たじろぎ、視線をさ迷わせた。

すかさず、英徳が、

「色白を望むなら、みょうちきりんな水より薏苡仁《よくいにん》を飲ませなさい。いくらかましです」

と諭した。

気が抜けるなあ、この先生。

拾楽は込み上げた笑いをどうにか堪《こら》えた。

男が、むきになって言い返した。

「私の中身は、綺麗になった。いつもぼんやりしていた頭もすっきりしたんだ」

拾楽が、やり返す。

「人の中身なぞ、綺麗になったかどうか分からないでしょう。見えないんですから」

「腑分《ふわ》けをすれば、見えるかも——」

「英徳先生、少し黙って」

少し不服気に口を尖らせ、静かになった英徳へ、拾楽はよろしい、と頷きかけ、再び男へ向き直った。

「ぼんやりした頭だって、冷たい水を飲めばすっきりした気になりますよ」

再び何か言いたげな英徳を——頭をすっきりさせる薬でも教えてやろうと思ったのだろう——視線で止め、拾楽は畳《たた》みかけた。

「『瓢箪亭』のご隠居夫婦が、『犬神様』のかつての飼い主で、今は骨の持ち主だということは、勿論ご存じですよね」

知らない訳がない。はちの骨を持ち出した拾楽を、「『犬神様』を返せ」と追って来たのだから。

五人は、互いの胸の裡《うち》を探るように、目を見交《みか》わしている。

「御夫婦の内、『犬神様』の信心者であるお延さんが、おっしゃったんですよ。皆さんに配られた骨は、はちの骨ではない、と」

「何を、馬鹿なことを」

声を上げたのは、万左衛門だった。

「本当です。お延さんは、可愛がっていた『犬神様』の骨を、万左衛門さんに盗まれ、あちこちに分けられてしまうのが忍《しの》びなかった。だから、庭に埋めた骨を別の犬のものにすり替えておいたんだそうですよ」

勿論、真《ま》っ赤《か》な偽りである。けれど万左衛門は、般若《はんにゃ》の面《おもて》になった。

歯の隙間から押し出すように、吐き捨てる。

「あの女っ。たかが隠居の女房の癖に、この儂を謀《はか》りおって」

してやったり、とはこのことだ。

人を人とも思わない性分《しょうぶん》が、迂闊《うかつ》な悪態《あくたい》に出てしまった。

拾楽は、にっこり笑んで、万左衛門を追い詰めた。

「おや、それは骨を盗んだことを認めたってことでしょうか。何より、『犬神様』信心を束《たば》ねるお人が、『犬神様』の骨が本物か否《いな》か、見分けがつかないとは」

怒りか、あっさりしてやられた屈辱《くつじょく》か、万左衛門の首から耳朶《じだ》が、どす黒い赤に変わった。

信心者五人は、ひそひそと何やら囁き合っている。

もうひと押しだ。

「あたしの言うことが信じられないのなら、直《じか》にお延さんに訊ねてみればいい。でも、訊くまでもないのでは。娘さんも御内儀さんも、色白には効き目がないのでしょう」

ここでも貫八との遣り取りが役に立った。全て無事に済んだら礼をしなければ。

拾楽は、気配に冷たさを纏って、続けた。

「それに、お前さん達は、『予見の猫』を従えた本物の『犬神様』に会っているのでは」

拾楽の言葉と合わせるように、天がサバとさくらを引き連れ――さくらは、騎馬よろしく、天の背に大威張りで乗っている――、佑斎と共に堤《つつみ》に現れた。

銀灰の毛皮が、夕日を受けて、隅田川よりも強く、黄金に輝いた。

天神様で見た姿よりも、一層神々しさが際立《きわだ》っているようだ。

ひ、と信心者のひとりが、喉《のど》を鳴らした。

ずい、とサバが天の前へ出た。

随身《ずいじん》を演じているつもりらしい。

うおーん。

雄々《おお》しい遠吠えが、響き渡った。

遠く、近く、あちこちから、遠吠えが呼応しては、絡み合い、うねり、響きを大きくする。

とうとう、一番若い信心者が、慌てた声を上げた。

「やっぱり、こっちが本物なのか」

今ひとりが、言い返す。

「でもじゃあ、万左衛門さんが連れてた、黒い奴は一体」

信心者達の言葉を遮るように、万左衛門が赤い式札を高く掲《かか》げた。

英徳が、張り詰めた声で告げた。

「拾さん、出るぞ」

「ええ」

赤い札を芯にして、黒い靄《もや》が渦を巻く。

やがて、黒い靄は、人の頭に届く背丈《せたけ》の、犬の形を取った。

万左衛門の手にあった式札《しきふだ》が消え、同じ色合いの赤い目が、ぎょろりと動いた。

悪臭のような妖気に、胸が閊《つか》える。

お延夫婦や貫八から聞いていた姿とはあまりにも違い過ぎて、佑斎に「鬼、化け物になっている」と聞いていたにもかかわらず、拾楽は息を詰めた。

拾楽の耳は、狼狽《うろた》えた佑斎の呟きを拾った。

「そんな、馬鹿な。術者なしで式が動くなんて」

サバに、やーう、と叱られて、佑斎はすぐに我に返った。

堤に腰を下ろし、先日の様に目を伏せた。

先日と違うのは、佑斎の口が言葉を紡いでいることだ。

唇の動きはごく小さく、言葉は音を載《の》せていないから、何を言っているか、拾楽にも分からない。

頼みましたよ、佑斎さん。

心中で念じていると、万左衛門が呵々《かか》と笑った。

「見るのじゃ。こちらが本物よ」

黒い靄の犬が、かっと口を開けた。

ぐおおおん。

地響きのような、咆哮《ほうこう》が川面を揺らした。

ひいい。

お助けっ。

犬神様――。

五人の信心者は、喚きながら揃って駆け出した。

黒い靄の塊《かたまり》ではなく、天の方へ。

天は、人間に駆け寄られても、びくともしない。

ただ、黄金色の瞳で、ぎろりと五人を睥睨《へいげい》したのみだ。

口々に慈悲《じひ》を乞《こ》いながら、五人は天の後ろ、堤の向こう側へ逃げ込んだ。

拾楽は、黒い塊の様子を油断なく窺《うかが》いながら、万左衛門を逆なでした。

「手足、いなくなっちゃいましたね」

万左衛門が、癇性《かんしょう》な声で喚いた。

「煩いわい。どのみち、あ奴らには当座の盾《たて》ほどの働きしか望んでおらん。この式で、お前らなぞ捻り潰《つぶ》してくれる」

ずい、と、黒い靄の犬が、前へ出た。

術者は、どこだ。

拾楽が、忙《せわ》しく辺りの気配を探っていると、英徳がからりと言った。

「居ない者を探しても仕方なし。私達は、佑斎さんがはちを助け出すまで、時を稼げばいい。違いますか」

その通りだ。

拾楽は、軽く笑って、英徳に告げた。

「あの身体の元は紙です。仕留めても、力を失《な》くして式札に戻るだけだそうすよ」

「なるほど。手加減不要ということですね」

英徳の懐から出てきたのは、漆黒《しっこく》の鉄扇《てっせん》だ。

ばらりと広げると、硬質で澄んだ音が響いた。

拾楽が呆れて訊く。

「医者の癖に、何てものを持ってるんですか」

うきうきと、英徳が答えた。

「一度、使ってみたかったんです」

拾楽は、短い溜息を吐き、一撃喰らえば傷は貰いますから、気を付けて」

「元は紙と言っても、一撃喰らえば傷は貰いますから、気を付けて」

「合点《がってん》」

に、と笑い合うと、二人一斉に、靄の犬に向かって駆け出した。

数歩早かったのが、二人よりも遠く、天の側から走り込んできたサバだ。

しなやかな身体が、弓の様にしなり、霧の犬目がけて高く跳《と》んだ。

棒色の瞳は、鮮やかな青を纏っている。

やっぱり、お前は綺麗な猫だねぇ。

拾楽は見惚れながら、サバに続いた。


「拾さん」

腑に落ちない、という顔で、英徳が拾楽を呼んだ。

「何です」

「あの犬、紙の割に、頑丈《がんじょう》なんですが」

「あたしに訊かないでください」

拾楽は、腹の中で文句《もんく》を言った。

大体、えらく楽しそうに闘《たたか》ってるんだから文句を言うなと、訴えたいところだ。

その間にも、黒い霧の犬は、拾楽に嚙み付こうとし、英徳を吹き飛ばそうと、前脚を振り上げる。

拾楽に向けられた牙《きば》は、英徳が鉄扇で弾き返し、英徳を薙《な》ごうとした前脚は、拾楽が蹴《け》りで逸らした。

サバが、大きな図体《ずうたい》の足許を駆け抜け、二人から気を逸らさせる。

英徳が、身体を低くして脚を狙い、拾楽が背後を取る。隙が出来た急所の頭を目がけて、サバが軽々《かるがる》と宙を征《ゆ》く。

サバの爪が光る度《たび》、黒い犬が纏う瘴気《しょうき》のような靄が、千切《ちぎ》れ、消える。

浮き立つ心を、拾楽は止められなかった。

何も言わず、目を見交わすこともない。

なのに、英徳が、サバが、何を目論《もくろ》んでいるのか、次にどう動くのか、手に取るように分かる。

「きりがないな」

英徳の呟きに、拾楽は我に返った。

三人とも無傷、まだ力は十分に残っているが、このままでは、いずれこちらの分が悪くなる。

高みの見物を決め込んでいた万左衛門が、厭《いや》な笑い声を上げた。

「物々しい供《とも》を引き連れて来おったから、どれほど力のある方術師かと思ったが、『犬神様』はびくともせんじゃあないか」

佑斎は、今必死で、はちを式から引き剝《は》がし、口寄せの術で自らに降ろそうとしている。

苦戦をしているのは、遠目《とおめ》にも分かる汗の量から、明らかだ。

骨の他に、何か切っかけがあれば。

お延が正気を取り戻したあの時、ほんの一瞬だったけれど、多分はちは縛りを解いて、やって来ていた。

きっと、お延や芳三と繋がる何かが分かれば、はちは助けられる。

拾楽は、掛井に呼び掛けた。

「掛井の旦那」

「おーう」

掛井の返事が飛び切り呑気なのは、立ち回りのとばっちりが届かないところにいるからだけでは、きっとない。

「旦那には、今、何が見えてますか」

拾楽の問いに、掛井は少し申し訳なさそうに黙ってから、短くひと言答えた。

「犬っころ」

「は」

束の間、英徳の動きが止まった。

低く訊き返した英徳に、掛井は言葉を足して、繰り返した。

「だから、犬っころだ。大人の膝の高さくらいの大きさの、白くて尻尾をくるっと巻いた、普通の犬だ。その周りを、サバ公と猫屋、医者が、大仰に跳び回ってる」

拾楽は、苦笑いを零した。

普通の人間が見えている化け物さえ、化け物ではなく「本性」を見ているとは、掛井の力は堂に入っている。

英徳が、げんなりした顔でぼやいた。

「旦那には、さぞ間抜けに見えてるんでしょうねぇ、私達」

英徳はがっかりしたようだが、佑斎は、縋《すが》るようにして苦し気な顔を上げた。

佑斎の代わりに、拾楽が更に問う。

「白い犬は、どんな様子ですか」

「えらく、苦しそうだ」

「他に何か、見えませんか」

掛井は、ううん、と唸ってから、ぽつりと呟いた。

「猫みてぇだが、首に鈴付けてるな」

拾楽は、痺れ薬入りの汁粉を食べながら、芳三と交わした話を思い出した。

『はちはねぇ、鈴を付けてたんですよ。ちりちり鳴る、小さな奴。あっしは、猫じゃあるまいしって言ったんですが、女房の奴が、可愛いって言いましてね。はちも気に入っていたようでした。跳ね回る度に、ちりちり、音がするのが楽しいらしくて、また跳ねる。そんな姿を見て、お延も笑ってたっけ。はち、可愛いわよ。そんな声をかけてねぇ』

拾楽は、声を張り上げた。

「佑斎さん、鈴ですっ。はちが首に付けた鈴。ちりちり鳴る鈴が、はちも、お延さん夫婦も、気に入ってた」

再び、佑斎が目を伏せた。

さくらが、サバの側へ駆けてきた。

ぐ、と四本の足で力強く踏ん張ると、黒い靄の犬を睨んだ。

掛井が、お、と声を掛けた。

「犬っころが、怯えだしたぞ」

この夏の最中《さなか》に、さくらが初めて見せた力技だ。

佑斎曰《いわ》く、さくらが利かせる「睨み」には、結構な力が込められていて、なまじなお化けなら、思わず怯えるのだという。

小林貞二郎《さだじろう》という与力《よりき》の次男の霊が、身勝手な恨みから、悪さをしようとした。恨みで凝り固まっていた心に、さくらの「睨み」が怯えという隙間を空けた。それが端緒《たんしよ》となって、佑斎が無事あの世へ送った、ということがあった。

あれと、同じか。

ちり、と小さな鈴の音《ね》が鳴った。

佑斎が、ふっと微笑《ほほえ》んだ。言葉がはちに届いた証《あかし》か。

「このっ」

さくらが何かしていると勘づいた万左衛門が、さくらに襲い掛かった。

サバの容赦ない爪が、万左衛門の頬をえぐった。綺麗に並んで三本、サバが千之助にお見舞いしたのと場所は同じだが、傷の深さが違った。

しゅ、と勢いよく血が噴き出す。

「ひぃぃ、いた、痛い――」

情けない声を、万左衛門が上げた。

策謀家《さくぼうか》の万左衛門は、血が噴き出すほどの傷を負ったことが、今までなかったのかもしれない。

サバは、蹲《うずくま》って呻《うめ》いている万左衛門には、もう見向きもしない。

さくらは、まるで動じずに、ただ黒い靄を睨み据えている。

犬――はちに纏わりついていた黒い靄が、苦し気に震えた。

最初《はじめ》は聞こえなかった佑斎の声が、はっきり聞こえる。

真言《しんごん》だろうか。意味は全く分からないが、高く、低く、謳《うた》うように紡がれるそれは、はちを包み込み、こちらへおいでと促しているようだ。

サバの瞳の青さが、一段濃くなった。

にゃおうん。

サバの鳴き声は、佑斎の呪文に音色を合わせているようで、

――大丈夫だ。佑斎《あいつ》のとこなら、安心して行っていい。

そう、諭している風にも聞こえる。

ふいに、靄の震えがぴたりと止まった。

次の刹那――――。

ぱん、と何かが破裂《はれつ》する音が響いた。

靄が霧散《むさん》する。

白い犬の姿はどこにもなく、ただ、あちこちへこんだ小さな鈴がひとつ、所在なげに転がっている。

ひらり、と、暗い赤をした札が、舞い落ちた。

「ぎゃあああ――っ」

ふいに訪れた静けさを破って、万左衛門が獣《けもの》のような叫びを上げた。

獣に襲われたような傷が体中に走り、血が噴き出している。

三度、大きく震えてから、動かなくなった。

「いかん」

瞬《また》く間に医者の顔に戻った英徳が、万左衛門に駆け寄る。

脈を取り、まだ息がある、と呟くと「すぐに私の診療所へ」と指図を出した。

俄《にわか》に慌《あわ》ただしくなった周りから取り残されるようにして、佑斎は少し視線を上げて宙を見つめ、立ち尽くしていた。

佑斎をずっと守っていた天が、傍らに寄り添い、サバとさくらがその場で見守る。

佑斎が、疲れの色の濃い声で、何かに語り掛けた。

「可哀想だけど、お前の飼い主には、今、話をさせてやれないんだ。私に降りるだけの力が、お前の霊《たましい》には残ってない。粉々に砕けなかっただけ、よかったんだよ」

それから、二度、うん、うん、と頷き、また佑斎が口を開く。

「分かった。必ず伝える。お前は、安心して極楽へお行き。迷うんじゃないよ」

　空へ向かっていく、きらきらとした光の粉が、ほんの僅かな間、拾楽にも見えた。

　少年のような、透き通った涙を、佑斎が流した。

「賢くて優しい、いい子でした。可哀想な子でした。大好きな飼い主と、最期《さいご》に話をさせてやりたかった」

　天が、佑斎を慰めるように、その手をそっと舐めた。


　深川での『犬神様』騒動から十日。

　ようやく、色々なことが収まりつつあった。

　拾楽が、痺れ薬を盛られたのではなく、風邪《かぜ》を引いただけだと言い張ったので、芳三とお延夫婦はお咎めなしとなった。

『雪の玉水』信心に纏《まつ》わる詐欺の話は、別の調べがこれから始まる。

　奉行所も含め、広く根を張っていたことが遅まきながら明らかにされているところで、夫婦は委細を包み隠さず奉行所で話すことで、罪に問われずに済むだろうとは、二キの隠居の話だ。

隠居が奉行に口を利いたことは、関わった皆が察していた。

万左衛門は、英徳の懸命の治療の甲斐《かい》あって一命をとりとめた。

ただ、すっかり正気を失っていて、猫が怖い、犬が怖いと、怯えて泣くばかり。

詐欺や信心の話は全く訊き出せない。

掛井が英徳に、

「折角《せっかく》助けたのに、あれじゃあ甲斐がねぇな」

と声を掛けたところ、英徳はいい笑顔で言い返していた。

「あれは、死ぬまで犬と猫の影に怯え続けるでしょう。悪党の下衆野郎は楽に死ねない。むしろ、懸命に命を救った甲斐があったってもんです」

佑斎の話によると、万左衛門の大怪我は「式を返された」せいなのだそうだ。

式の術を破られると、その呪いは術者に返る。方術師ではなく万左衛門に返ったのは、あの時既に、万左衛門が術の肩代わりをさせられていた。つまり方術師は逃げていた、という事になる。被らせる筈だった泥を被らされては、笑い話にもならない。

佑斎は、

「術の肩代わりをさせるなぞ、生半可《なまはんか》な術者ではない」

と、面《おもて》を厳しくして、呟いた。

また佑斎は、はちの形見《かたみ》の鈴を持って、拾楽の案内でお延と芳三を訪ねた。

はちの霊を救えはしたが、連れてきてやれなかったことを、人の好い口寄せ拝み屋は、夫婦に詫びた。

夫婦は泣きながら、佑斎に礼を繰り返し伝えていた。

あの子を助けてくれただけで、十分有難い、と。

佑斎は、二人に穏やかに告げた。

「はちは、お延さんの所為《せい》で喪くなったのではありません。病《やまい》で先がないことを、あの子は悟っていました。最後の夜、家に上がりたがったのは、あの世へ行くぎりぎりまでお二人と一緒にいたかったから、だそうです。ただそれは、ちょっとした我儘、悪戯《いたずら》のようなもので、庭にいても二人の気配は感じていたから、ちっとも寂しくなかった、と。お二人と過ごした毎日は、とても楽しかったそうですよ」

お延は、佑斎から渡された鈴を握りしめ、涙にくれた。

芳三は、真っ赤に泣きはらした目で、呟いた。

「はちよう。また、いつかどっかで、逢《あ》えるといいな」

どこから伝わったのか、佑斎の家の周りでは、天が「犬神様」として大活躍をしたと、評判になっていた。

近所の人々が天を怖がらなくなったのは良かったけれど、拝みに来るのはやめて欲しいと、佑斎は困り顔だ。

これまで「御猫様」だの、今回は「予見の猫」だのと、あれこれ言われ続けたサバは、

――いい隠れ蓑ができた。

と、ご満悦のようだ。

さくらは、あの仲違いがなかったように、サバと拾楽に甘えまくっている。

おはまも、相変わらず鉄壁の鈍さを発揮しているが、拾楽の世話をなにくれとなく焼いてくれるのは、こそばゆくも嬉しい。

貫八の何の気なしのひと言で二度助けられたと、拾楽に礼を言われた貫八は、目を白黒させていた。

拾楽が無事だった祝いだと、皆で「とんぼ」へ繰り出した――祝いのはずなのに、なぜか支払いは拾楽がすることになった――帰り道のことだ。

拾楽は、上機嫌の店子達から少し離れるように歩みを遅らせ、おてるに声を掛けた。

「おてるさん」

「なんだい」

「今度の騒ぎでは、心配を掛けて面目ありません。調子に乗って油断してたあたしが痛い目に遭うんじゃないかって、気を揉《も》んでくだすってたんですよね」

　おてるが、妙な顔をした。

「どうかしましたか」

　拾楽が問うと、おてるはばつの悪そうな笑顔になって呟いた。

「まあ、心配してたのには、違いないか」

　誰かに絆《ほだ》されてばかり、堅気へ振れ過ぎた先生の振り子が、振り切れてどっかの「ひょっとこ」に戻っちまうのを、案じてたんだけどね。

　なんだ、そうだったのか。

　おてるの口の中で消えた呟きを、拾楽は聞こえない振りで済ませた。

　自分でも驚くほど、堅気に馴染《なじ》んでしまっていることに、少し戸惑いはある。

　けれど、おてるの言う振り子の先は、もう盗人稼業に振れることはないだろう。

「とんぼ」での祝いの席の翌日、英徳が性懲《しょうこ》りもなく長屋を訪ねてきた。

　ひとしきり、なぜ自分も祝いの席に誘ってくれなかったのだと文句を言った後、

英徳は出し抜けに、

「ねえ、拾さん」

と切り出した。

拾楽の部屋の前から見る井戸端《いどばた》では、おてると豊山が賑やかに話をしている。どうやら、豊山が何やら叱られているようだ。

「堅気って面白いですねぇ。『寝た鯰』が、夢の中で羨《うらや》ましがっていますよ。盗人稼業より余程《よほど》ぞくぞくして、血が沸《わ》くようで面白い」

拾楽は、顔を顰めた。せっかく、どっぷり堅気として暮らすと思い定めたのに、この医者は何を言い出すのだ。

「随分、物騒な愉《たの》しみようですね」

むっつりと言い返せば、英徳が、子供を宥めるような苦笑を浮かべた。

「物騒だろうと呑気だろうと、愉しみは愉しみです。だからね、拾さんも難しく考えずに、堅気のまま、はらはらする堅気暮らしを楽しめばいいんです」

虚《きょ》を突かれた。

素人がどうの堅気がどうのと、あれこれ悩んでいたことを、見透《みす》かされた。

次いで、ふ、と心が軽くなった。

堅気のまま、騒動を楽しめばいい、か。それは思いつかなかったな。

内心で戸惑いつつ、口に出しては気のない振りを装った。

「堅気の暮らしなんざ、堅気なりの波風はあっても、詐欺騒ぎだの大立ち回りだのお化けの相手だのは、一生のうちに一度だってあるかどうかだ。『鯖猫長屋』が、変わってるだけです」

「でしたら、一層親しく付き合っていこうじゃありませんか。ねぇ、拾さん」

「今以上に、どうやって親しく付き合うんですか」

「ううん、拾さんがひとりで無茶をしそうな時は、その無茶に私も乗る、とか」

「謹《つつし》んで、ご遠慮いたします」

掛井の旦那とどっこいの面倒《めんどう》な野郎が、身近に増えたかもしれないねぇ。

心中で噂をしたのがいけなかったか。

颯爽《さっそう》とした足取りで、役者顔負けの派手やかな気配をまき散らし、黒巻羽織が長屋の溝板《どぶいた》を歩いて来た。

「よう、猫屋に医者。お前ら、相変わらず仲がいいな」

英徳が、小声で呟いた。

「暑苦しい御仁《ごじん》の、お出ましだ」

「医者、何か言ったか」

「夏の日差しのようなお方が、いらっしゃったと言っただけです」

掛井が、腕を組み胸を張った。

「おお、俺はそれほど眩《まぶ》しい男前《おとこまえ》かい」

こらえきれず、拾楽は噴き出した。

サバとさくらが、暑苦しいのは御免、とばかりに、長屋の屋根へ逃げ出した。

長屋を吹き抜ける風から夏の名残《なごり》がすっかり失《う》せるのは、もう少し先のようだ。

本書は、書き下ろし作品です。

著者紹介
田牧大和（たまき　やまと）
東京都生まれ。2007年、「色には出でじ、風に牽牛」（刊行時に『花合せ』に改題）で小説現代長編新人賞を受賞してデビュー。
著書に、「鯖猫《さばねこ》長屋ふしぎ草紙」「濱次お役者双六」「藍千堂菓子噺」「其角と一蝶」「錠前破り、銀太」「縁切寺お助け帖」の各シリーズ、『陰陽師 阿部雨堂』『かっぱ先生ないしょ話　お江戸手習塾控帳』『紅きゆめみし』『大福三つ巴 宝来堂うまいもん番付』『古道具おもかげ屋』などがある。

ＰＨＰ文芸文庫　鯖猫《さばねこ》長屋ふしぎ草紙（十一）

2024年４月24日　第１版第１刷

著　者　田　牧　大　和
発行者　永　田　貴　之
発行所　株式会社ＰＨＰ研究所
東京本部　〒135-8137 江東区豊洲5-6-52
文化事業部　☎03-3520-9620（編集）
普及部　☎03-3520-9630（販売）
京都本部　〒601-8411 京都市南区西九条北ノ内町11
PHP INTERFACE　https://www.php.co.jp/
組　版　朝日メディアインターナショナル株式会社
印刷所　図書印刷株式会社
製本所　東京美術紙工協業組合

ISBN978-4-569-90403-0

PHP文芸文庫

鯖《さば》猫《ねこ》長屋ふしぎ草紙

田牧大和 著

事件を解決するのは、鯖猫!? わけありな人たちがいっぱいの「鯖猫長屋」で、不可思議な出来事が……。大江戸謎解き人情ばなし。

PHP文芸文庫

鯖《さば》猫《ねこ》長屋ふしぎ草紙（二）

田牧大和 著

「鯖猫長屋」に取り壊し騒ぎが起き、慌てる住人達のもとにやって来たのは……。長屋で一番偉い猫サバが主役の謎解き&人情シリーズ第二弾。

PHP文芸文庫

鯖《さば》猫《ねこ》長屋ふしぎ草紙（三）

田牧大和 著

長屋に戻ったおはまを見て猫のサバが毛を逆立てる。一体何があったのか。人情＆ミステリの香り漂う、好評「鯖猫長屋」シリーズ第三弾。

PHP文芸文庫

鯖《さば》猫《ねこ》長屋ふしぎ草紙（五）

田牧大和 著

拾楽とは昔馴染みの女盗賊が、ある日突然、「鯖猫長屋」に姿を現す。思わせぶりな女の一言、サバの不穏な動きに心がざわつく拾楽は……。

PHP文芸文庫

鯖《さば》猫《ねこ》長屋ふしぎ草紙（六）

田牧大和 著

画描きの拾楽とかかわりの深い同心・掛井が窮地に立たされる。サバの大将はその時——。謎解きと人情が交錯する人気シリーズ第六弾。

PHP文芸文庫

鯖《さば》猫《ねこ》長屋ふしぎ草紙（七）

田牧大和　著

おてるの夫・与六の隠し子だと名乗る子供が「鯖猫長屋」にやって来る。長屋の面々は大騒ぎ。その時、サバは――。人気シリーズ第七弾。

PHP文芸文庫

鯖《さば》猫《ねこ》長屋ふしぎ草紙（八）

田牧大和 著

長屋のおてるが可愛がっている太市が事件に巻き込まれる。長屋を〝仕切る〟猫サバは動くのか。好評「鯖猫長屋」シリーズ第八弾。

PHP文芸文庫

鯖《さば》猫《ねこ》長屋ふしぎ草紙(九)

田牧大和 著

画描きの拾楽を仲間に入れようとする悪い奴らが現れる。一味の狙い、そして子分の危機に猫サバは？ 人情長屋が舞台のシリーズ第九弾。

PHP文芸文庫

鯖《さば》猫《ねこ》長屋ふしぎ草紙(十)

田牧大和 著

長屋に元拝み屋の男がやって来た。何を企んでいるのか。鳴いて威嚇する猫サバに対し男は——。謎解き&人情で人気のシリーズ第十弾。